我自故乡来

王书祥 著

陕西新华出版传媒集团
太 白 文 艺 出 版 社

图书在版编目(CIP)数据

我自故乡来 / 王书祥 著. —西安:太白文艺出版社,2020.1(2023.2 重印)

ISBN 978-7-5513-1763-4

Ⅰ.①我… Ⅱ.①王… Ⅲ.①散文集—中国—当代 Ⅳ.①I267

中国版本图书馆 CIP 数据核字(2019)第 264922 号

我自故乡来
WO ZI GUXIANG LAI

作　　者　王书祥
责任编辑　付　惠
封面设计　秦呈辉
版式设计　雅　风
出版发行　陕西新华出版传媒集团
　　　　　太白文艺出版社
经　　销　新华书店
印　　刷　三河市嵩川印刷有限公司
开　　本　880 mm×1230 mm　1/32
字　　数　100 千字
印　　张　5.75
版　　次　2020 年 1 月第 1 版
印　　次　2023 年 2 月第 3 次印刷
书　　号　ISBN 978-7-5513-1763-4
定　　价　39.00 元

联系电话:029-81206800
出版社地址:西安市曲江新区登高路 1388 号(邮编:710061)
营销中心电话:029-87277748　029-97217872

前　言

我，是一个来自河南的北京人。或者说，一个在北京生活的河南人。我的人生经历、生活习惯和言行举止时常都在提醒别人：这里有一个河南人，他有点朴实，又有点讲究，还有那么一点“中原气派”。

在我的老家河南，老一辈人习惯把养家糊口的男人称为“外头人”，把居家过日子的女人称为“屋里人”。至于长大后外出工作、脱离农村生活的政府工作人员，则一概称之为“工作人”，出于直觉，我觉得这算得上一种“尊称”了。我知道，在他们的语言体系里，对人有着层次分明的评价方式。“工作人”一旦没有好好工作，开始捣鬼使坏，败坏家乡的名声，就成了“衙门里的人”“狗腿子”“吃干饭的”“坏良心的”……不知道别的“工作人”怎么想，我个人把来自故乡的评价看得很重要。很多时候，我在心里把来自故乡的每一个人都称为同乡。

虽然是“家人”，却难得一见；虽然是“老家”，却难得回去看看。

和大部分的中原同乡一样，我在生活中话不多，尤其是不爱说大话、说空话。但是这不等于冷漠和无知，不等于我对这喧嚣而复杂的世界没有感觉，没有自我的、独立的判断。来自中原、走向城市、定居北京这一步步的生活变迁，本身已注定了我在很多方面已经发生变化，文化的、感情的、职业的……

按照我的观察和理解，中原人应该是这样一个群体：有情，有义，有节制。他们最大的特点：有激情（这是确定无疑的事实），而且善于管理自己的激情。狂妄不羁者，不是中原人；虚浮夸诞者，不是中原人；浪荡云游、躲避劳动者，不是中原人；偏激狂妄者，不是中原人；自作聪明者，也不是中原人。中原人有自己的性格和主张，他们严肃、机警、狡黠、务实，但又不肯放弃骨子里的骄傲——几千年的黄土地埋着多少帝王骨骸，无数次的人口迁徙构成奇妙的血缘关系，沉重的劳作使他们觉悟，漫长的地平线和饥寒交迫的生活逼着他们不断努力。多少年过去，折柳的少年变成赶牛的老者，道路加倍崎岖，身体也加倍的佝偻，把他满腔激情深沉地压缩在心里。你所见到的每一个中原人注定不再是浪漫主义者，他已在现实的“压迫”里完成了年轮式的旋转和升华。此后他不再只是自己，还是中原大地上王朝更迭的见证者，更是中原大地新气象的建设者。

如果有可能的话，请你把一个北京人、一个开封人、一个南京人、一个西安人，再加上半个广东人，放在机器里搅拌一下，合成一个新的个体，他的性格就是我要说的中原性格。中原性格是合成的、流动的，沿着京广线构成一个奇特的十字架。它是历史的、立体的，是肉眼可见的真实，又是捉摸不透的虚构。就像中原的老人常说的那样，一个典型的中原人会像牛马一样自我鞭策：管好自己，看准脚下的路，才不至于摔跟头。从生活的开始到结束，一个在河南出生和长大的孩子总会时常收到这样的提醒和嘱咐。

心里有家，才能奔赴四方；心存敬畏，才不会忘本。不过分，不过激，持中而行，时时感恩，这就是我的初心。守心如一，而不是心猿意马；坚贞不变，而不是见风使舵；身在底层，不忘家国；身居高位，不忘初心——行中道，走正路，初心不可偏斜，方能立身为人。这就是我所理解和秉承的中原性格。

不管世界如何轮转，也不管人事怎样变迁，初心是不能更改的——在内心的最深处，我一直认定，我是一个走出河南但从未丢失自我的中原人，我也是一个在生活中打拼着、在事业中奋斗过的中原人。

总的来看，我的生活很简单，没什么复杂的。稍稍总结一下，可以说是有多少荣耀，就有多少艰辛；有多少风吹雨打，就有多少无法表达的小小缺憾。我想做的似乎还没有做完，我想经历的似乎还没有穷尽，然而时光却悄然流逝，再也没有回到当初、重新来过的机会。正因为这样，时至今日，我从未忘记当年，没有忘记我坐着运兵车，跟老父亲挥手道别的情景。那时我还年少，但已离开河南老家，前往一个无从知晓的世界。当时，总感觉那道别的情景似乎缺乏一些特别的意味，现在我终于领悟到藏在它背后的意义。还有，直到今天，我从未忘记在部队里经受的锤炼和成长，以及在机关工作时帮助过我、指导过我的每一位领导与朋友。

平时，我是一个自得其乐的人，有自己的生活方式。我尤其不喜欢赶时髦，再说了，咱也赶不上那种日新月异的潮流。比如说，家里有电视，但我基本上不怎么看电视。偶尔看一眼，假如觉得有意思了，也会坐下来听上那么几句台词。电视里也真有一些经典的东西，听上去轻飘飘的，体验过才能抓住内涵。有一个剧中的台词是这样的（忘记在哪里看的了）：往事如风，是会走远的；往事也如烟，是会飘散的。

面对往事，等于是直接面对着时间：往事在一层一层地揭开，且尚未消失；生活在一层一层地聚拢，但似乎也从未成形。

是啊，面对旧事，我们需要保持一点耐心。无论怎样，人们总是无法懂得活动于其间、包裹着自己的历史。历史需要漫长的沉淀才能从遗忘的海洋中一点一点地被打捞起来。同时，人们总是渴望回顾自身的历史，才能更好地走下去。近年来，我越来越真切地体会到一个真理——时间，永远是不够用的。有限的时间，真的应该用在有点意义的事情上，绝不要在电视机前、手机屏幕和那些无谓的事儿上花费太多精力。集中精力办大事还来不及，怎么能够到处分心，到处流连呢？时光如电，来的时候极快，亦如蚊虫的叮咬，离开的时候则要留下一点儿痛。既然如此，更应该抢时间做点事呢。

所谓“成事”的诀窍，我觉得就是八个字：精诚所至，金石为开。只要不忘自己的初心，守定自己的初心，人生之路就会自然而然地延长，事业之路就会自然而然地越走越稳，稳扎稳打地发展起来。

每当陌生的朋友初次见面，我都会这么介绍：我是一个乡里人，一个寄居北京的中原人。

2018 年 5 月

目　录

童　年

1954年6月，我出生在中原大地西南方的小村庄——柴庄村。具体地说，是出生在河南省南阳市唐河县郭滩镇的柴庄村一个普通农户家庭。我家祖上的原籍是山西省平遥县王家大院，为了躲避民国时期的战乱和饥荒，祖辈举家迁移，来到河南唐河一带，就此定居下来。

我的爷爷名叫王臣，奶奶张氏。到我父亲这一代，柴庄村这户人家的户烟（南阳方言：一户人家的人口总数）开始繁盛起来。

父亲排行老二，在他上头有个我嫡亲的伯伯王连栓，下边是我两个叔叔，二叔王连重，三叔王连五。到我父亲这一支更是子女众多：我在家里排行老大，下边依次有大妹王书敏，二弟王书国，二妹王书云，三弟王书伟，四弟王书杰，小妹王风云，兄弟姊妹共七人。

等我稍稍长大，懂得一点家事，最常见到的景象就是父母的辛劳。每当看到父母像牛一样在田间劳作，不分白天黑夜地埋头苦干，使出全身力气，吃不得吃饱，穿不得穿暖，却仍旧乐呵呵的，对家里的亲人、子女、街坊四邻永远是那么和气谦让。我就巴不得自己能够提前长大，好帮父母分担一些，免得他们像没有扶持的稗子一样，一天比一天枯焦下去。

穷人的孩子早当家。这句话在我身上是完全应验了。穷人的孩子早当家，只是因为父母的言传身教，用他们经受的重体力劳动下的痛苦经验传递了一个又一个沉默不语的信息。目睹了那么沉重的景象，孩子们的内心里又怎么可能会轻易遗忘呢？所以直到现在，我还能记得幼年时见过的父亲和母亲劳动时的模样。父亲总是孤身一人，拉着堆满牛粪的板车走向田野，在雨后的泥地上清晰地印着深深的辙痕。母亲或孤身一人做着家务，或带着我们几个能搭把手、干点小活的孩子去磨坊里磨面，去砍花柴（南阳方言：干枯在地里的棉花棵子），去收割黄豆，去掰玉米棒子。在那没有机械、没有帮手的年代里，每一个父亲和每一个母亲只能这么过下去，因为身后的孩子可都“嗷嗷待哺”呢。父母这代农村人，是我见过的最能吃苦，也吃苦最多的一代人，下的是苦力，过的是苦日子。

其实絮叨了这么多，无非就是想说清楚一件事，这就是为人父母者言传身教的力量。父母是塑造孩子人生的第一任老师，是领路人，所以父母要给孩子传递向善的力量，传播积极的、正能量的种子，才会让孩子终身受益。这，就是我回忆父母时第一时间浮现出来的念头。做父母的，言传身教，不厌其烦，用大作家路遥的话说就是，我们应该“像牛一样劳动，像土地一样奉献”。做到了这一点，才是合格的父母，才会把父母内心包容着的善的一面释放出去，传承给孩子，而这恰恰就是让孩子自然而然迅速模仿的东西。时代会改变，但父母的教育永远不会过时，至于究竟教得到不到位，能不能让孩子接受，就全看父母自身给出的榜样和定位了。

回头再说我自己的经历吧。在那艰苦求生的20世纪50年代，我的父母在经济很不宽裕的情况下，要养家糊口，还要把这么多子女拉扯长大，应酬乡间亲戚邻居的各种人情往来，可想而知该多么作难了。父母的言传身教，对我起到了很大作用。小时候，早在懵懂无知的年纪，我就总是能看到艰苦、体谅到艰苦，这不能不让我早早地脱离父母的怀抱，早早地懂得人情的冷暖。所以，在我们村的同龄人中，我都算得上是懂事比较早的。跟弟弟、妹妹们比起来，我性格中多了一点好强，少了一点柔情，大概也就是这个缘故。

1959年，我5周岁，刚刚能够记事。我的童年正赶上“大跃进”时期，赶上农村极度贫困的“大锅饭”时代。在这个从初级社向高级社转化的过渡阶段，农村的一切都是那么荒败，残破不堪。至今，我记得最清的情景无非就是缺吃少穿。村子里的人过着“贫穷面前，一律平等”的生活，干的是集体劳动，挣的是工分；“大锅饭”不分稀稠，谁也不比谁好到哪里去。大人和孩子都饿着，至今想起来都难受。处在饥饿中的人，生存的底线是“余粮”，这“余粮”的概念往往不是指大米、高粱和白面，而是一袋子晒干的野菜，手绢那么大的一小包红薯干，或者一小把黑豆，一碗小米，几个南瓜。因为永远缺着一口吃的，家里才永远要有一点“余粮”——这是救命的东西。在填不饱肚子的现实面前，住得如何，穿得如何，下一代的教育，都沦为次要的事情了。

我家就是这样一副无法启齿的景象。家里只有两间茅草房。支撑屋脊的檩条是葵花秆做的，两间房的隔断是用高粱秆子捏巴、缝合在一起的物事（河南方言叫“箥”，一般是双层的，宽度 2 ~ 3 米，高度约 2 米）。就是这样的两间房子，伴随了我童年的大半时光。直到 1962 年，我的大妹、二弟先后出生，安置不下了，才在原址上盖了三间柴瓦房——顾名思义，这房子的基本建材是木材、泥和青瓦，屋脊上这下可以承重了。1967 年，在反对“封资修”的高潮阶段，安放在屋脊两端的兽头被人拿走了，去接受“思想改造”，其中一个兽头返还回来的时候已经敲碎了。父亲求邻居帮忙，踩着梯子爬到屋顶，又给重新装上。1971 年的时候，我 17 岁，家里还有 6 个弟弟妹妹，一家 9 口人，就这么凑合着住在唯一的房子里。直到 1992 年，这房子才翻盖成两层的小楼房，上下共有 100 平方米的样子，留了空院，养了花草，圈起了院墙，有了点现代生活的模样。

住的条件已经如此简陋，吃的就更无从说起。印象比较深的还是大炼钢铁的时候，家里的铁锅被收走了，后来没收了瓦罐、泥瓦盆，再后来是搪瓷缸子一类最小的炊具。家家户户不让起小灶，都去吃“大锅饭”。“大锅饭”设在生产队院里，那里有食堂，有炊事员。吃饭要排队。不知道其他地方是怎么个吃法，唐河县南部的“大锅饭”吃得比较普遍，时间也比较久一些。通常情况下，“大锅饭”有两稀一干和两干一稀的搭配。农闲的时候，吃两顿稀的；农忙的时候，吃两顿干的。红薯面粉、白菜叶子（或者野菜）混在一起煮成粥，煮好以后撒一点青盐，这是稀的；玉米面窝窝头，大人发 1 到 2 个，小孩子是半个，这是干的。“大锅饭”里时常会有些不太能认出来的食材和意外的惊喜，比如说稀饭里边偶尔掺杂着榆树叶，窝头里边掺着槐花、玉米粒、没有完全磨碎的红薯干之类。

柴庄村生产队里的“大锅饭”由于条件过差，抱怨的人很多，没有能维持太长时间。断断续续坚持了一阵就结束了。生产队有集体粮食的时候，社员们都去吃“大锅饭”，连生产队也没有集体粮食的最困难的某些时段，“大锅饭”实质上名存实亡了。到了饭点，等着吃“大锅饭”的人往往会互相询问：有吃的没有？今天能不能吃上？没吃过“大锅饭”的人也许会觉得好奇。但说起来挺美的事儿，实际上可能根本不是那么回事。“大锅饭”常常会出现的景象就是：锅看着很大，却没有饭！好比是画饼充饥，望梅止渴，半空云里种庄稼。农村人办食堂，又逢着国家困难、城市里闹饥荒的年代，凭着常识想一想就能知道办得怎么样了。生产队院里的大食堂里空空荡荡，只剩一把柴火跟那几口“瞠目结舌”的大铁锅，看着寒碜。没有饭吃的日子里，最使人难过的是那些无儿无女的孤寡老人。捧着饭碗的孤老太太刚走出院门，扶着门框站定，就会有邻居家的孩子扎堆跑过来，快嘴快舌地告诉她：“今天不用去吃食堂了。”“为啥不用去?”“没有吃的，没有开火！”老人也好，孩子们也好，落得这样，只能叹一口气回家，自行想办法了。

那时候，家家都要在“大锅饭”之外想办法填一填肚子。接下来，我们要说的不是“吃饭”，是“填肚子”的一点细节。

饲养室里有牛和羊，田野里有蔬菜，水沟里有鱼虾，天上有飞鸟，但这些不是给人准备的，上天给中原的农人们准备的东西是比这还要次一等的。先来说植物类的，扳着指头就能说出来的是常见的十几种野菜：荠荠菜、灰灰菜、灯笼果、槐花、地皮菌（雨后土地上生长的绿色菌类）、狗尿苔（雨后长出的一种绿色真菌）、瓦松、牛娃屎（蒲公英）等。动物类食品大概有：豆虫、天牛、金龟子、蚱蜢、蝈蝈、知了、花豆姑娘（一种飞虫，翅膀的花纹极美）。总的来说，中原人那时候赖以为生，也能够填一填肚子的无非是两种东西，一种是带刺的植物，或者气味难闻的植物：比如刺角芽、黄蒿；还有一种是带翅膀的昆虫类，比如知了、蚱蜢。据我所知，这种到野外觅食的传统一直延续到20世纪80年代初期出生的那一批孩子。对现在的孩子们来说，摸鱼、摸虾、挖野菜只是娱乐和嬉戏，在我们那一代却是真实而残酷的生活需求。

肚子敲鼓正当午，
拿着野菜和水煮。
无米无面没有盐，
饭不够来用觉补。

这几句现编的顺口溜，也许能印证我的童年光景。在该吃饭的时候，大中午人人都在犯愁：“吃什么呢?”肚子饿得咕咕叫，那是常有的事儿。大人们丢下农具，到野外去挖一把野菜就着白水煮开，家里没有钱，锅里也就没有盐巴，煮出来的野菜汤没滋没味。白水煮菜，那种滋味直到现在都让我记忆犹新。没有盐，也没有买盐的条件，一切食物都是白水煮出来的，但也得硬着头皮吞下去。没有米，没有面，只靠野菜当然填不饱肚子。大人和娃娃们只要能吃一个“水饱”也就很知足了。如果连这个菜汤也不够吃，吃不饱，又该怎么办呢？大人就会哄孩子们躺到床上睡会儿。睡着了，也就不知道饿了。

回忆父母，听过最多、印象最深的一番话是：“苦就苦点儿吧，人活着就该吃点儿苦。国家困难嘛。把家里的地种好，家务干好就行，不要埋怨啥。”

虽然年纪还小，但他们说的我那时候都懂。久而久之，我也主动地接受了眼前横亘着的现实。摆在眼前的生活，像望不到边的河，深不可测，无法逾越。

在最无奈的时候，人总是会用这样便宜的、不用花钱就能慰藉内心的理由说服自己。

在我的老家河南，这世界上最古老的农耕地区之一，我们的先民种的是庄稼，却像草一样活着。多少年后，当我们随着父母的脚步，愉快地拿起农具，一次次走向麦田，能够像牛一样俯下身子耕作和劳动，像真正的农人一样弯腰收割金黄的、热浪滚滚的麦子，还能像草一样躺卧在广阔的大地上发芽、成长、枯黄，能够像小草懂得土地一样懂得父母脚下的生活之路，懂得粮食的珍贵，我们才算是一个充实的中原子民。唯有此时，当我们放低了生活的姿态，忍受了苛求于生活的种种指责，才能真正接受土地的语言、庄稼和乡村的风景。

朋友们，当你无法理解这一切的时候，请你回想一下自己的老家，自己的故乡，还有那栖居在故乡的无法迁徙、安土重迁的农人吧！在生活的某个阶段，在环境紧紧地束缚着他们、捆绑着一切的时候，他们从未失去对生命的信仰。

于是，他们选择像草一样紧紧地贴附着土地，像草一样铺天盖地、安然自足地延伸着生命，感受着天然的愉悦，像草一样接受了命运赐予的一切，像草一样温柔地理解这大地，理解开花的果树、繁星闪烁的天空。这就是我的父母赐给我的生命，这就是我的故乡、我的中原老家代代相传的故事。我的爷爷奶奶，我的父亲母亲，当他们回顾往事的时候，当他们谈论着艰辛的经历时，永远是那么平静。这天然、温和的态度是我们中原人代代相传的心态，是顺天知命的自觉性，而绝不是奴性，也不是麻木。中原人的精神，就这样通过我们的血脉，润物无声地流淌着、延续着。

童年的故乡，温暖的摇篮。即便生活动荡，苦难无边，中原的老百姓还是那么善解人意，还是那么坚韧不拔地支撑着那个苦难的年代。吃苦没有让他们退缩。大家响应政府的号召，主动勒紧裤腰带，把仅有的一点粮食拿出来，交了公粮，贡献给更需要粮食的城里人。然而，让老百姓饥饿过度，也是会死人的。

从 1963 年起，柴庄村落实了自留地，人均可以拿到三分自留地。自留地有个好处就是不用交公粮，打那以后，原本饥肠辘辘的唐河人才看到活下去的希望。自留地经营好了，家家都能有一点余粮，可以时不时地储存一些萝卜缨子、芝麻叶、干红薯叶、新鲜红薯叶作为救命的指靠。善于过生活、勤俭持家的农妇们甚至还能拿出些白萝卜、红萝卜到集贸市场上出售，换回些零用钱。

童年的经历、父母的教导都告诉我：困难是用来克服的，不是用来哭泣的。把时间花在发牢骚和不满上，还不如拿起锄头去干会儿农活。到了能够劳动的年纪，我很快就开始参加劳动，也学到了中国农民特有的谦卑和达观。

在劳动——饥饿——劳动——饥饿的无数循环之后，我的父母总算把我拉扯大了，还给了我一个瓷实、健康的好身体。后来，我能够胜任部队里的艰苦训练，不仅不觉得辛苦，反而甘之如饴，把吃苦当作修炼和成长的一部分，我要感谢故乡给我的启蒙和引导。

1960 年，我 7 岁，不仅个头长高了，连那点幼稚的、直观的思想觉悟也被反复敲打，锤炼得差不多了。我想，一个孩子的世界，其实并没有那么简单。在那些看起来稚嫩、迷蒙的脸庞后面，一定有一个急速成长的、无法测试的神秘预演。一个成年人后来的成长，基本上会与他在幼年时期的想象有关。每一个孩子都能猜测到他将要出发，前去冒险和探索的未来时光。

那时候的我，没有上过学，没有见识过村子以外的陌生世界，没有可参考的榜样。但是仅仅从村口的高音喇叭和每天准时播放的电台广播里，我已经确确实实学到了一点——关于“自我强大”的唯一真理：不管出身如何，也无论现实能够获取的条件怎样，你都要强壮起来，强大起来，发展起来。无论是一个孩子，一个家庭，还是一个困难重重的国家，都是这样的。

贫困年代的一件小事

从六七岁的时候开始，我就参加劳动了，而20世纪70年代的柴庄村，也真的是有太多太多的事情等着我去干。一开始，因为身单力薄，干不了重活，父母就把割草的活儿交给我。割回来的草，大部分送到生产队，交给喂牲口的饲养员。交一筐青草，可以记一点儿工分。工分是家里分粮食、分钱的依据。为了挣工分，也为了减轻父母的负担，我尽可能地多割草。每次都能比同龄的孩子多背回来一点儿，上交生产队之外，还能剩下一部分喂鸡、喂猪。

除了数九隆冬的季节，田野里、河滩上到处铺满了野草。“三九四九冰上走，五九六九河边看柳。”越过漫长的、冰雪连天的冬季，大地从深沉的睡梦中醒过来，摇动河边的柳树、枯死的蓬蒿，再一次回到春的怀抱。到了惊蛰过后，天上打起响雷，每户人家的屋檐下都在滴滴答答滴水，冰溜子在阳光下闪闪发亮，家家户户的树木和篱笆都开始泛起浅浅的绿色。春天来了！在村子外围的不远处，唐河的大水在冰层下缓缓流动，冰面咔嚓咔嚓响着。哦，这真是适合割草的好季节。

忽然间，在割草的某个间隙，耳边就传来上游的冰块大面积碎裂的声音，仿佛连手中的镰刀、脚下的土地都被震撼到了，大河边的所有生命都跟着跳起舞来。风刮得越来越大，草长得越来越疯，从一厘米蹿到膝盖那么高，从脚踝处伸向树梢，从每一个孩子迷离懵懂的眼神里似懂非懂地逃了出去，飞往夏天，飞往闷热的、喧闹的、低洼而闪耀着光辉的大河滩，向着热闹繁华的远方拼命跑去。

河边到处都是声音。那喧闹的声音中夹杂着多少孩子的倔强和艰辛。有多少孩子呀！大家都在割草，互相竞争，互相拼抢，咬着牙，瞪着眼，唯恐别人占了先，每个割草的孩子都会把最嫩的、最长的、牲口最爱吃的草抢走割净。不管是春天还是夏天，去得晚的人永远只能捡“剩饭”——割别人剩下的、懒得弯腰触碰的那些杂草。它们不是沾染了泥巴点子，就是被冰屑、雨水裹成一个死疙瘩，这种草是连最不挑食的牲口都不爱吃的。

在小时候，有过割草经历的人都知道，割草是分季节、分地点的。春天的草最嫩，种类也最多，但是数量少，割草的时候要跑很多冤枉路。同样地，选择地点不对，也会造成“窝工”，白白受苦，收“货”

堪忧。经常遇到的烦恼是：看着绿汪汪的一大片草场，跑到跟前一看，可以收割的却只有那么几根“大胡子”。那些刚刚长出来的茸毛般的细草永远只会起到伪装作用，骗你到了跟前，却空喜欢一场。真正可以养活牲口（牛、马、骡子这样体型大的牲口）的“大生意”却总是被人占了先。袖着两手看风景的那个时刻其实是最难过的。城里人可能会满怀欢喜地坐下来，欣赏这样的绿色，而乡下的孩子却只爱到处跑动，“收割”这绿色构成的风景。所以，你该明白的，割草这件事，看似是容易的、毫不费力的劳动，却经常让人冒火上头，动不动就要骂仗。草看似遍地都是，但可供收割的资源却十分有限。割一筐草，往往要跑四五公里的路程。如果跑的冤枉路多了，收工的时候真会磨得脚底板生疼。于是，你不能不想到这样一个事实，在那田间地头、山间水沟、绿色起伏的草丛里默默劳作的孩子们，并非做着跟牛马一般毫无区别的工作，他们的旅程似乎带有一种天然的创造性，甚至带有一种深切的、无法向他人复述的快乐，当然，还带有和土地上的一切波动、一切变化、一切成长默默响应着的充实感。

对于早早背负起割草任务的我来说，识别那些牛羊爱吃的植物，背着草筐子，掂着镰刀，追着草丛里的蝴蝶和蚱蜢到处撒欢的童年是有意思的。我的童年不是被劳动压垮了，而是随劳动的节奏成长起来、丰满起来。割草的孩子，他在地垄间领略的快乐，和那些在襁褓里长大、公园里闲逛的孩子们固然不一样，但在成长与教育的层面上其实并没有什么区别：同样有四季变化的风景愉悦着眼睛，同样有一日三餐撑起渴望强壮的身体，同样有一件又一件的“历史经历”充实着内心，使他们在自己的出生地成长起来。而作为成长的一部分，或许还是最重要的一部分，永远是睁开眼睛看世界的那一刻。那一刻，我们启用了自己内心的眼睛观察世界、体验生活，而不是用上帝交付给我们的肉眼无所事事地、被动地看一看人间。

记不清是哪一天了，割草的时候下起太阳雨来，雨下得不久，很快就停了。下过雨的河滩上，地面一片湿滑。从湿润的泥土里和枯死的老树根下爬出蚯蚓和蜗牛，在地面上曲曲弯弯地前进。前边有几个孩子打打闹闹，玩得很疯。他们跟蚯蚓一样曲曲弯弯地跑到我面前，来来回回地挡着路，不让我过去。他们用光脚丫子撩起路上的水来，互相泼着玩，顺带把我胳臂上挎着的半筐草泼得湿漉漉的。谁不知道羊吃带雨水的草容易生病。我停了下来，有点生气地看着他们，但他们装着满不在乎的样子继续玩耍。看看，看看，他们穿得多整齐，胸前的扣子系得严严实实，手里还像城里公子哥儿一样拿着些纸折的飞机、竹子做的钓鱼竿之类小玩意儿，看起来根本不需要割草。这应该是邻村的一帮孩子，想到我们村子中间的那个水坑钓鱼了。僵持片刻，我终于找到一个空隙，挎着草筐子从他们中间挤过去。但是有一个个头高的大孩子趁机扯下了我那件破破烂烂的单衣，扔到地上，还对着地面吐了口唾沫，引得一帮孩子捧腹大笑。只听见衣服哧的一声被扯开，我就好像被当众脱光了衣服一样难堪。我站住了，死死地盯住他，没有说话。

他那个拉扯衣服和吐唾沫的下流动作好像一把刀子捅到我心里，一下子激怒了我。我没跟人打过架，但是那一刻，我瞬间决定要打一架，就跟一个火烧尾巴的小牛一样，感觉不把对面的柴垛顶翻肯定消不了怒火。

忘了谁先动手的，也忘了是不是说过什么，总之，在那个莫名其妙被人欺辱的下午，我在村子北口的寨门下跟隔壁村的几个小子干了起来。

他们人多，我独自一个，有点寡不敌众，于是我就专门针对一个对手还击。别的人打我，我就猛揍那小子。打了一阵子，这策略奏效了。我虽然被揍得生疼，可是被我揪住不放的那位也不好受，不大一会儿就鼻青脸肿，忍不住哭起来。他很快放弃了抵抗，站在那里呜呜地哭。即使他在哭，我还是不停地揍他。其他人被我的战法整蒙了，这个临时组成的小同盟居然被我灵机一动想出来的招数给打垮了，他们打着打着自动停下来，傻看着。我看他们停下了，也松开被我抓住的那孩子的胳臂。他的胳臂快被我拧成一个麻花，反背在后面，到松开的时候疼得要散架了。就这样，我被人家揍一顿，我也揍了人家一顿。其中一个大孩子带着那个小同盟走了，临走的时候，那带头挑事的大孩子指着我说："没想到你这么狠。好，算你厉害。看我们告不告到你家里!"

印象中，这似乎是我人生中第一次跟人打架，一个人跟三四个人打了个平手。打完架，我心里觉得不好受，跟堵了块石头似的。别人怎么打我的，我已经不记得了，只记得那孩子鼻梁骨一耸一耸号啕大哭的模样。他的头发上、脊梁上满是灰土，后脑勺对着我。我没见过人这么哭的：打不过就哭，也够孬种的。

打完架，继续割草。把草交给饲养室的大爷后，我又在村子里转悠了一圈，看着放羊的老头，看着上工的人们从家里出来，三三两两地往地里走。又过了一会儿，生产队的队长到村子中间的老槐树下敲了钟，把大伙集合起来，给他们分派下午要干的活。然而，莫名其妙的是，在这熟悉的场景里，氤氲着一种无法言说的忧伤情绪，忽然传染给了我！钟声沿树梢弥散到各处，把飞鸟驱赶着掠过屋子顶部。灰蒙蒙的、低矮的屋顶，在蓝天下静默着。有的过路人注意到我脸上的伤口，笑着问我是不是跟人打架了。我低下头，像小偷一样悄悄地溜走，躲开人多的地方。估摸着父母都上工去了，我才往那不被人注意的、安静的家门口走去。

隔着老远，还没到家呢，我就发现父亲和母亲跟往常不同，在该上工的时间没去集合上工，反而站在家门口等我。母亲似乎还在跟父亲焦急地说着什么。刚到家门口，母亲一脸怒气地瞅着我，就差揍我了。我知道，跟人打架的事儿一定是传到他们这里了。偷眼一瞧，在远处的墙角下果然站着那帮孩子，正幸灾乐祸地瞅着我！我明白了：他们是来告状的，想亲眼看着我被家里的大人暴揍一顿。

在我的老家河南，我们柴庄周围的村子里，打架闯祸的孩子回到家里，不管你打赢了还是打输了，凡遇到对方寻上门来问罪，父母都会不由分说地把自家孩子痛打一顿，为的是让对方消消气，别把事情闹大了。我的父母是典型的老好人，父亲还是生产队的队长，算是乡民眼里的“人物”了，但是他们没想到我这么快就开始往家里送这样的“大礼”。很显然，父母对我身上的这种变化准备不足。父亲看见我走得近了，照着乡村里通行的陋习，踢了我几脚，还让我后脑勺吃了个结结实实的“栗子”。父亲冲着那几个孩子摆摆手，说：“好了，你们都回去吧！”那帮孩子都咧着嘴笑，高高兴兴地走了出去。

母亲安慰我几句，叮嘱我不能出去惹事。然后，她跟着父亲去生产队上工，把我一个人撇在家里。中午，他们回来吃饭，叫我去吃，我没有去。当天晚上，我肚子极度地饥饿。然而上午发生的一幕幕还在眼前掠过，不停地抽打着我。对于经受的委屈，我想不通，也没人可以诉说。直到天擦黑的时候，我还闷闷不乐，躺在放杂物的草棚里，跟傻子一样仰望着棚子顶部的蜘蛛忙忙碌碌地结网，飞蛾在窗洞里飞来飞去，蚂蚁们沿着木条爬上去了、爬下来了。我知道，父母太忙了，也太累了，顾不上管我。

终于，这件事传到奶奶耳朵里。爷爷奶奶从自己住的前院里专程过来，奶奶捏掉我盖在自己脸上的几棵麦草，把我拉起来，拍一拍衣服上的尘土。父亲默默地站在草棚外，叹了一口气。

我被带到他们住的小院里，就跟一个新来的小客人一样，奶奶还伸手做了个“请”的动作，让我坐下来吃饭。奶奶端来了晚饭，递到我手里，对我说：“人是铁，饭是钢，一顿不吃饿得慌。别犟了，赶紧吃吧。”我看看饭碗，又看看奶奶，再看看饭碗，忽然有点不知所措。奶奶扑哧一声笑了。她一笑，我更加觉得不好意思。我脸上涨红，被这种过分的客气搞得很是羞臊。出于小孩子才有的反应和直觉，我马上意识到自己闹得有点过头。再说了，我真的很想吃点什么。别说是饭，哪怕是一段煮过的树根都行。

我的这点小算盘，瞒不过奶奶的眼睛。没错，一开始，我的确想要他们给我伸张正义。至于怎么个伸张法，我不知道，我只知道父亲不该打我。但是现在，面对饱经风霜的他们，那个念头竟自动消失了。他们把一种温和的、无声的力量灌注到我那幼小的身体里，使我不自觉地强壮起来，瞬间抛开了午间那个跟自己闹别扭的傻孩子。

我好像长大了，要飞起来了，我该有自己的生活了。是不是每个人一跃而飞的成长，都是用如此卑微、如此辛酸的代价换取的？我不知道。令人感到悲哀的是，我在那么懵懂的年纪就痛苦地意识到自己在这世界上如此渺小。当孤身面对压在身上的生活时，我竟蜷缩在那个黑黑的小棚子里，把自己的一点悲欢看得那么高傲。然而，生活中最尖锐的摩擦终究要靠自己才能消除。来自村庄的安静和那个难忘的下午已经对我说得足够明白，像一头第一次接受鞭打的小牛一样，套在身上的笼套要靠自己卸下来。要长大，你就不能尥蹶子。好强，不等于野蛮行事。要想得到别人的认可，必须让自己立起来。如果被揍了两下就趁机趴在地上，躺倒不起，只会被人无视——哪怕是自己的父母，也会觉得躺在棚子里犯犟犯倔的傻儿子很可笑。

哦，柴庄人温情的目光可不是给矫情的、装可怜的孩子们准备的。

奶奶肯定知道我在想什么。像我这样犟牛一样的、不服管教的孩子，他们早就见识过。印象中，她什么都没有说，但又似乎说了很多。不知道为什么，作为家里最年长的长辈，奶奶就那么慈祥、安静地看着跟狼崽子一样满脸煞气的我，微微地笑着。我低下头来，接受了这种奇特的带着嘲讽意味的安抚，那是一种无声的、来自乡野的特殊语言。我想，你们都该懂得的：受伤的时候，要像狼一样沉默着走开，要独自躲在无人发现的角落，默默地舔舐自己的伤口才行。既然能走出那个黑黑的小棚子，一定要挺起腰杆来。每当想到这里，心里总是一阵阵地揪紧，耳边仿佛还有奶奶轻声的责备：“你小子脾气大得很呀！怎么了？你自己的爹打你几下，你还记仇啊？”这就是现实，这就是伦理。现实是不讲道理的，但又总是包含着一些道理。奶奶的话不多，但却能把我的眼泪说下来。

奶奶发话了，对我说：“吃饭吧。心里的憋屈就这么打发了。吃过才有力气！”我端起饭碗，呼噜呼噜喝下几碗稀饭，还吃了点红薯面做的窝头。

做一个懂事的孩子，别给大人添麻烦，这算是奶奶给我上的第一课。事实上，作为父母，我的爹娘为了对付眼前的生活已经有很多麻烦了。闯了一次祸，挨了一次打，我的懵懂也就结束了。这种事对大人们来说，可能太小，然而堵在一个孩子心里却需要很长时间去消化。我相信每个人都是在这样的挫折里完成自我成长的。我见过好多人，就跟我们柴庄村那些拴在树下的牛一样，绕树奔跑的时候就会被缰绳勒住自己的脖子，勒得喉咙里出不来气，这时候就该停下来，想一想是哪一步出了问题。俗话说：解铃还须系铃人，但能给你解开缰绳的救主一定还是自己。在你睁开眼睛、认识生活的第一天，生活就会把接连不断的困境送到你的身边，明白这一点很重要——从此，你只能养成自我教育、自我反省的好习惯，而不是自己折磨自己：撞到南墙的时候，要及时地回头和反思。

正是在生活本身提供的这种近乎残酷的教育里，我们中原人、中原的孩子们，才一步一步走出封闭狭窄的自我世界，一点一点地读懂乡村和劳动人民的世界。只要能抛开那种贵族少爷才有的令人不快的软弱和无法兑付的幻想，童年里的一切也许根本没有那么糟糕。抛开幻想，做些实干的事儿，让我们的生活变得简单一些、朴实一些，我觉得这没有什么错。

而最能让人快速抛开烦恼的办法，我认为莫过于劳动——耕地，除草，扬场，拉磨，收割庄稼，凡是你能想到的、你愿意干下去的活儿，都能帮你解除困苦。在我的故乡，艰苦的劳作，不超过身体负荷能力的田间劳动，很多时候是我们中原农人的内心避难所。构成田野和村庄的开阔风景，有时舒展有时酸痛的肢体，还有芳香而凉爽的空气，都会让人沉浸其中，忘掉堆积在心头的不快。

记忆中的父亲与母亲

多年以后，每当回想我的故乡，首先就会想起我的父亲。父亲留给我的印象大都是零零碎碎的，只有一次童年时的淘气经历，我至今还记忆犹新。让我内心悸动的永远是父亲那温暖慈和又饱受煎熬的模样，这个因为生活苦难而凸显出爱意的形象几乎成了他面对艰难生活的唯一形象。

前边已经说过，我的老家在豫西南唐河县一个偏僻的小村庄，家里根本算不上富裕。在钱的事情上，父母没少作难，因此对钱看得特别紧，不允许我们去拿不该碰的钱。从能够记事的时候开始，家里孩子还只有我和大妹，我们都不敢去拿家里的钱。

不过有一次实在太馋了，我竟然鼓动大妹偷拿了堂屋里放在桌上的一毛钱给我。我把钱藏在一个角落，准备等货郎担东西过来的时候给妹妹和我自己买几颗糖吃。

母亲当天就发现了，手里拿着笤帚把子，让我们承认到底是谁拿的。妹妹被吓坏了，低着头不敢说话。

母亲见我们都不承认，就说："那两个一起打。"说完就扬起手来要打。我赶紧走上前，抓住母亲的手说："是我拿的，打我吧，别打妹妹。"母亲问："藏在哪儿了？还是已经花掉了？"我说："没有花，我去拿过来。"我把藏起来的钱翻出来交给母亲，但还是没有躲过这一顿揍。母亲手里的笤帚不停地落在我的背上、肩上，一边打，一边气喘吁吁地骂我："小时偷针，长大偷金，将来还了得？"

当天晚上，妹妹和父亲趁着母亲出门，围在我身边掉眼泪。事隔多年，父亲伤心的样子还浮现在眼前。我错了。作为家中的长子，不该让妹妹去做她讨厌的小偷儿，更不该让父亲伤心。（让父亲生气的傻孩子，总是会让父亲心痛。）然而这种细微的感受总是被遗忘在我们成长的道路上，一代又一代的小孩子都要等到他们"发现"了父亲的眼泪时才会明白。

你们知道吗？父亲哭泣的样子，眼角是耷拉着的，眼泪是苦涩的，皱纹满布的面庞多像是寒风里颤抖、翻滚的枯叶！儿女的错误、儿女的傻气造成的内心折磨，最终都让世间的父亲承担起来了。作为"母亲"，可以用打骂来泄愤，作为"孩子"的儿女可以用遗忘来隐藏曾经的痴傻与懵懂，只有"父亲"无处可藏，无路可走，只有父亲需要承担儿女的世界，宛如屋子的顶棚一样永久庇护着家人。父亲啊，父亲啊，无论是什么样的父亲，只要他还活着，就是上天给儿女的最好的庇护所。当我们遭受鞭打，父亲就承受双倍的鞭打；当我们感到羞惭，父亲就承受双倍的羞惭。父亲，以他饱经岁月洗礼的心灵、辛勤的劳作，把子女行为不当所犯下的错误双倍地偿还给这世界！

犯错的是我，受苦的却总是父亲。躺在床上的我只感到肌肉酸痛，然而比肉体的痛苦更难受的是听到父亲的哭声。我还小，心乱如麻，再加上不善于表达，那天竟然一语不发，喝了几口父亲递给我的温水，最后在麻木中昏昏沉沉地睡了过去。至今想起来，眼前似乎还有一个黑黑的影子，似乎在徘徊，似乎在告诉我：不能让父亲难过，不能给父亲增加任何心痛的理由。

成长的过程中，我的父亲和母亲呵护我甚多，当然也就放弃过好多东西。大部分事情可能说起来很小，但每次回想起来，细细品味之后又是非常感动的。

2014 年，在一个寒冷冬天的下午，大家闲着无事坐在屋子里聊天，父亲忽然讲起一件我已经记不得的很久以前的事，是关于我的妹妹的。我刚上小学的时候，学校在邻村（板桥王村），因为要照顾大妹，每天我带着妹妹走半个小时才到学校。进教室后，我让妹妹悄悄坐在我身边的小凳子上，放学我们再一起走回家。教室里人多，也暖和一些，冬天不至于冻得难受。有一天，是个落雪的天气，我们在外边打雪仗，玩得太疯，我的垫脚布（因为买不起袜子，为了保暖，好多穷孩子都会在冬天用一块破布裹住脚丫，或垫在脚底下，或缠在脚背上）跑丢了一块，妹妹居然把她的让给我一块。她自己在那么冷的时候光着脚丫走那么远的路，还一路笑着。回家后，脚丫子和两只小手都冻得跟红萝卜一样，吃饭的时候手都端不动碗了。从那以后，我就发誓一辈子对我的妹妹好，绝不让她受苦。

回想故乡，有太多太多的人要说，或许是隔代人更加亲近的缘故，爷爷奶奶跟我无话不谈。春天我跟着奶奶一起到野外挖野菜，夏天他们带着我一同去附近的村子里看戏，公社里的宣传队下乡的时候我们则结伴去看演出。童年里依稀闪光的温暖是多么宝贵啊，家里穷，没人管，但我在爷爷和奶奶身上感受到了特别多的疼爱。爷爷的衣服常年不换，因为没有换洗的衣服，也没有那个条件，身上就长了虱子，还有些疥疮，老是折磨着他。看到我来了，爷爷总是会说："娃娃，快过来，赶紧给爷爷挠一挠脊背。"我的小手伸过去挠着，爷爷眯着眼，晒着太阳，很是享受。

许多年之后，提起我照顾爷爷的事情，远亲近邻都会夸奖我，用事实告诉人们，这孩子懂事，太懂事了……

后来，我离开家乡，长年累月地见不到他们，但思念的心情没变。有多少次，逢着新春佳节，登高望远，向着家乡的方向远远地看上一眼，牵挂着留在父母身边年事已高的爷爷和奶奶。

终于，他们都因病相继离开人世，再也留不住那寄托着我们爷孙两代人深厚感情的往事。每次回乡，从爷爷奶奶家门口路过就会想起过去，就会看见他们常常去打水的井口的青苔，还有记忆中那条他们必经的小路，只是再也没有他们忙忙碌碌、走来走去的身影……

生命中没有最好的告别。告别意味着疼痛，意味着伤病，我们要经历多少疼痛才能告别离去的亲人，还有那些记忆深处的风景。我们不能逃脱分离的痛，我们只能对自己说：曾经，这些很爱我们的人，他们陪伴我们的时间已经够久；现在，他们去到另一个世界，那个世界里有更多的亲人，他们在那里团聚了。而终有一天，我们也要去到那里，没有恐惧，没有担忧，只有陌生的世界里安详守望的、熟悉的、依旧爱着我们的亲人。

我的父亲，我的母亲，我的爷爷奶奶，老家生活的亲友和那些外表木讷而内心善良的长辈，他们没有夸耀过自己的人生，艰辛太多，以至于内心有些麻木了，也不曾给我讲过什么人生的大道理，可他们却懂得世间最珍贵的东西——爱，亲情，这是活在世间的最本真的意义！用他们布满厚茧、伤痕累累的手，用无限的期望和温厚而持久的热情为身边的亲人撑起一片晴空！在我的故乡，不知有多少这样的普通人，支撑着家庭的脊梁，对这样的人，我永远肃然起敬！

我的母亲给我讲过一次父亲孤身一人出门卖红薯的经历。那是一个冬天的日子，下了整整一夜雪，天地一片白。他挑着一百多斤红薯往集市赶。路上没有脚印，他是第一个行人，分不清哪是路哪是沟。挑子太沉，压得他浑身出热汗。后来实在走不动了，他就数路边的树木。走过一个地头，他心里就记下一个，给自己报个数，说明更接近集市一点了。母亲对我说，从家里到我们镇郭滩街，总共十几里路，父亲要经过不知多少棵大树，要迈出多少个步子，才能把肩上的担子卸下来歇口气。母亲好像还说过：你想想，这是多大的劳动量，要吃多少苦！记得当时听到母亲的话，我的眼眶立刻就湿润了。

印象中，母亲和父亲经常是会拌嘴的，但遇到父亲出门劳动的时候，母亲总是默默地说上几句知心话。老一辈人，他们的感情总是无声地、沉默地表达出来。而且，我也是直到那时才知道：我的父亲，看起来那么平常的一个人，身体内居然隐藏着如此惊人的能量！如果不是出于对家人的深爱，谁愿承受如此大的重压，换回自己的一身伤痛呢？

每次出门，父亲从来都不舍得在集市上花一毛钱买两根油条或一个包子。早饭一般是红薯面汤，这样能节省时间。从我记事开始，不管劳动量大小，父亲就这样打发早餐，一直吃了十几年，直到我离开家乡。

到我工作稳定，弟弟、妹妹们也长大的时候，父亲似乎可以休息了，但是他天生那么热爱劳动，平日里轻易是闲不住的，他还继续种地，继续做着各种农活。有时我回家探亲，给他一些钱，他也坚决不要，还说："我自己有庄稼，有事情做，也能挣些零花钱，只要力所能及，不会找你们兄弟几个要钱花的。你刚上班没几年，要买房，要安家，还要给弟弟妹妹们做点安置，手头也紧，就把钱省下来存在银行，以备需要的时候用吧。"

我的母亲，无论她的脾气多坏，也从来没有亏待过我。她体型矮小，又黑又瘦，不舍得吃、不舍得穿，按照现在的说法，她就是一个锱铢必较的"土老帽儿”，但却把积攒的钱全都留给儿女交学费——家里的负担太重了。母亲虽然打骂过我们几个孩子，但对我们的爱从来没有减弱。她爱吃肉，但每次吃饭都把碗里的肉挑给我；她有点胆小，却常年拖着有寒病的老腿征战于生活逼着她走上前去的那个战场，到无人的旷野承受孤独，到冰雪凛凛的人世艰难跋涉；她不爱出远门，但只要我打电话说有事，不管多远她都会赶到我身边。

每个人的母亲，注定都是独一无二的，也只有通过母亲的无声的慰藉，我们才能体会到家的温暖，才能一次又一次地背井离乡却永不迷失。所以，在她活着的日子里，我要给她看病，给她买点好吃的，陪她出去走走。她的一生高兴事儿太少，烦心事儿巨多！她时常都眉头紧锁，好像总在思考，试图挑战生活中的重重阻碍，试图猜测那隐藏在生活背后的地狱般的磨难，然后还要像母鸡一样张开翅膀，把儿女和家人庇护在她瑟瑟抖动但无所畏惧的翅膀下。

啊，亲爱的朋友，对于父亲脸上纵横交错的皱纹，对于父亲苦涩喑哑的声调，对于他农民才有的拘谨性情和骨节凸起青筋暴突的手掌，我就是这样理解的：这乡野塑造的形体和灵魂，自有一种无法取代的美。这老而丑的父亲形象，定是一个关于美的谜题。理解万岁，这不是一句可有可无的口头禅，而是血亲伦理的第一个起点，是解决与父母隔阂的开端。无法理解父母的人，从来都无法理解那道阻且长、徘徊无尽、生生不息的中国式亲情。

同样的，面对母亲给我留下的略显丑陋但又充满回忆的世界，我可以坚强，但不可以坚硬；我可以拒绝，但不能排斥；我可以暂时地躲避它的强光辐射，但不要落荒而逃。理解母亲的生活，理解生活中的母亲，循环往复，直到你和你的周围世界握手言和，亲如一家。所以，我恳切地希望，在未来的日子里，我身边的朋友，你们也能深切理解陪伴在身边的亲人。他们，以及她们，乃是我们探寻故乡的灯烛。

孟子曰："所谓故国者，非谓有乔木之谓也，有世臣之谓也。"

这就是说，一个人的故乡不是单纯的地理意义上的存在，当我们回忆故乡的时候，记忆中最留恋的影像不是乔木，也不是树上的果实；不是庄稼，也不是粮食酿制的美酒与佳肴——而是记忆深处那些清晰的人影和烙印深刻的乡土田野。我的故乡上有星光，下有乡亲，大自然的力量和包容给我们的出生地打上亲切的印记，使我们狂笑，使我们痛哭，使我们繁华阅尽，使我们烟流云散，使我们无怨无悔，使我们痛不欲生；使我们有父、有母、有教养，使我们有亲、有爱、有灵魂。花草虫鱼使我们不再寂寞，逐鹿牧野、面包牛奶使我们的饮食逐渐丰富；电脑手机使我们互联在一个庞大的智能的“蜘蛛网”上……我们的城市不断扩展，我们的世界却日益坍塌，我们的身体飞跃在时间的海平面上，我们的内心却焦虑不安地惧怕着夜深必有的阒寂。

每当深夜来临的时候，父亲的灵魂将会在故乡的上空一次次地飞升，俯视着我那备受煎熬的内心。这时候，不知电脑桌前伏案工作的你、在小区门口遥望归人的你是否想过，关于故乡，关于故乡的变迁和发展，关于故乡的亲人，我们还有多少错过？

无论是为了父亲，还是作为父亲，我们都应该多付出一点，而不是一味索取。

热爱家乡，建设家乡，是我们诸多梦想中最具使命感的一个，就像一位伟大的中国乡土作家曾说过的那样：“一个战士，倘若不能战死沙场，便当回归故乡。”

我们渴望着回到故乡、建设故乡，这正是我们生命的价值起点——像牛一样劳动，像土地一样奉献。故乡的土地麦浪起伏，闪烁着无尽的光芒，像是一片宽阔无垠的大海，允许我们挂帆远去，召唤我们魂兮归来。面对故乡，我们不是勇敢的战士，而永远是稚嫩的幼童。

我们也许从未长大，我们也许一直想家，稚嫩、好奇，一如襁褓中的幼童。

回到故乡，重获这襁褓中珍贵的慈爱，终究是思乡之人所能设想的美好愿景。但愿你：一路沧海，回头是岸，看过远方的风景，惦念故乡的黎明，归来之后的云雾与风尘将托付着少年人不悔当初的挚爱。相信我，为了故乡多付出一点，你不会后悔的。因为，那里有埋骨于麦田的父亲！因为，那里有铭记于心的故人！

“劳工”时代

俗话说：“穷人的孩子早当家。”眼看着家里的重担落在父母肩上，压得他们喘不上气，早出晚归地干活，忙完了生产队的农活就去侍弄自留地的庄稼，忙完地里还得忙家里。穿不上一件好衣服、吃不上一顿好茶饭，却忙得团团转。我便主动学着“当家理事”了。

我随着母亲学会理家的工作，扫地、洗衣服、烧火、刷碗、洗锅，和她一起照顾弟弟妹妹，还学会了蒸馒头，学会了做饭、炒菜，学会了缝被子、缝衣服，给弟弟妹妹缝缀衣服上开线了的扣子。最有趣的是，还在老家学过编草帽。

记得那是暑热难忍的天气。在农村，下午1点至3点，阳光白花花的，晃得人睁不开眼，晒得庄稼耷拉着头。这个时段里下不了地，干不了农活。生产队的人都待在自家院里歇晌。母亲顾不上休息，喊我给她帮忙，一起编麦秸。把提前选好的麦秸扯掉老叶子，再用镰刀齐头（长出麦穗的地方）割断，背到村口的池塘边，浸泡在水里。要泡上一天左右，泡得软和了才捞出来。扯掉麦秸上残余的烂叶，只留下光秆（河南方言，叫“麦秸程子”）。光滑的麦秸程子柔软适度，是编草帽、编草鞋、编麦秸苫子的好材料。那时候农村人厨房烹饪用到的锅盖垫、草篦子、笊篱等传统炊具，也是用麦秸程子编织的。

这里插一句闲话，对于中原人而言，麦子全身都是宝，麦草的根茬可以烧锅，小麦磨出的是面粉，麦秸程子也得到最大利用，勤快的中原农民用它做成了草帽、草鞋、炊具，还有睡觉、干农活用的麦苫子。麦秸编织的苫子是苦力劳动者的良伴，也是中原人自力更生发明生产资料的最好见证。那时候没有拖拉机这样的机械运输工具，往地里送粪、送化肥、送种子，全要靠苫子做围栏、木板打底的平板拉车。

编麦秸，是母亲的拿手活。母亲的手很灵巧，指头粗短有力，用当地话讲，是个天生干活的命。我蹲在她身边看着那双手，看到手心里的麦秸程子要没了，立刻递过去一束，催她赶紧续上。母亲手上戴着顶针，压住麦秸的一头，然后笑着看我一眼，接过麦秸，衔接到麦辫子产生断头的地方，继续干她的“副业”。麦秸在她灵巧的手指上来回跳动，像变魔术一样不停地吐出长长的麦辫子。带着清新麦香的麦辫子越堆越高，扎起来就是厚厚的一大捆。这时候，那些走乡串户的小贩就会上门收购。哪些主妇是勤快的、手艺高明的，哪些人家的主妇好吃懒做、不会干活，他们心里全都有数。麦秸辫子卖出去的时候，我心里总是会有那么些失落，眼看着几天几夜的劳动成果被人用一元钱、两元钱全部换走，就跟把刚刚培养出一点感情的小动物推向屠场一样难过。

有一次，母亲看出了我的不快，就说："今天留一点麦辫子，给你做个草帽吧。"母亲自己会编草帽，让我坐在旁边看着学一学。晚饭做好的时候，帽子还没有完工。吃罢饭，我们继续编。母亲的兴致也很高，一直陪着我们。夜已经很深，父亲披着衣服出来，走到院子里，叫我睡觉，我坚持着不睡。门外的蝈蝈在一高一低地唱歌，把我唱得犯困，上下眼皮不停地打架。终于，我身子一歪，险些把小凳子带倒了。母亲说："你先去睡吧，等帽子好了就叫你起来。"早晨一睡醒，就闻到一股好闻的麦草香，扭头一看，枕头边放着的不就是昨晚编的那顶帽子吗？我翻身起来试了一下，戴在头上刚刚好。

草帽的檐上嵌着一个红五星，两侧打了穿孔，用细细的尼龙绳子穿过，可以系在脖子上。戴着这样的帽子走在村里，好多人回头看，那感觉真是轻飘飘的，要飞起来。编草帽的手艺没学会，但是草帽却给我带来很多快乐。一顶属于自己的帽子，就是我人生第一次的“拥有”。这顶帽子还是我能够记得的第一个礼物，戴了好长时间，还借给妹妹、弟弟们戴过几次。

把一粒粮食种子点化成绿油油的麦苗，再把熟透的麦秆变成美化生活的工艺品，改善着人们的生活，这就是劳动的魔力。有时候，只要在枯燥劳动里加入哪怕一点点的、最小的、美的创意，世界就会变得完全不同。

正因如此，忙里可以偷闲，贫困压不垮对美的向往。从七八岁到十七八岁的整整10年，是属于我的“劳工”时代。不过正像我刚刚说过的那样，我的“劳工”时代并非一无是处，也并非没有愉快的经历。和麦子有关的一切，和麦地毗邻的夏夜风光，都是我们操劳无尽的苦难所能得到的最佳补偿。

乡间的夏天那样漫长，白天我和村里的孩子们一样，总是泡在池塘里、河边的水洼里打水仗，而到了晚上就难过了。暑气笼罩每个角落，稍一动弹就汗流浃背。蚊子超级多，不到夜里11点是睡不成觉的。那时候，各个村里都还没有通电，电风扇、空调什么的肯定没有。到了盛夏的晚上，在蚊虫叮咬下，愈发觉得太热，着实难以入眠。家家户户的大人和孩子都出来了，寻找凉风吹拂的场地。大家抱着麦秸编制的苫子在夜里到处跑，实在蔚为奇观。

只有那些条件最好的人家才有花床单和买来的蒲

扇。夜间，手里有驱蚊的扇子，头上蒙着拦挡小虫的床单。穷人只能和麦秸为伴。有的人在自家门前铺开一张苫子乘凉，有的人躲到宽敞而平整的麦场，在那里熬过酷热。

人们来到麦场上，将卷着的麦秸苫子展开，铺在地上，一头向下卷一卷，卷起的部分比别处凸起，那就是当作枕头的地方。麦秸苫子厚墩墩的，隔潮防虫，软硬适宜，躺下来天高地广，抬头可望见星光和萤火。在整整 10 年的时间里，我在打麦场上度过夏夜，听老人讲三国水浒，讲狐仙野鬼，还有那些世代忠良斗奸贼的古老故事，这些奇谈让我无限向往，幼小的心灵很是满足。

伸展四肢，懒洋洋地躺在苫子上，麦秸的香气随着夜里清凉的风阵阵袭来，和田野里、家里、路上、打谷场上的味道难解难分，连牛棚、羊圈里沉默的家畜也在感受着夏夜的气息。所以，在这样的打麦场上，你会觉得夜晚更加的深和黑，北极星更加的亮眼，凭空增添了些许睡意。枕着清香的麦秸，做着魂飞天外的美梦，夏夜之美无法言说。

现在，恐怕很少有人还会抱着麦秸苫子到处跑，为了乘凉去睡打麦场了。故乡还在，老屋一如往昔，只是带着我们中原人真切记忆的麦秸苫子再也睡不下热爱席梦思床垫的孩子们了。

劳动人真正的生活，不是在夜里，而是从黎明开始的。

那时，农村的马路每天早晨都会落下些牛粪、猪粪，需要人捡拾。路上的粪是生产队的，捡到要上交。只有小树林和犄角旮旯的鸡粪、羊粪、猪粪等才可以捡到后据为己有，用到自己的自留地。为了捡粪，村里人都会起个大早，背着粪筐出门去到处踅摸。低着头走着，看到一坨粪就铲起来，搁到粪筐里，等积攒得差不多够一筐了，也临近吃早饭的时辰了。把粪交到生产队，回去洗洗手，搓把脸，才开始一天的正式作息。

在父母的影响下，我从六七岁的时候就开始捡粪、割草。

一般是早晨天蒙蒙亮的时候就起床去捡粪，下午放学去割草，中间遇到周末和节假日去帮着父亲套磨，帮着母亲过罗、碾红薯干。

凡是能给父母减轻负担的体力活，我都没少干。众人见我表现好，实在是勤快，有时候一高兴还会让父亲（担任生产小队的队长）给我分配些间苗、除草这些大人才有资格干的活儿。那时候只想着帮父母分担些生活压力，所以最喜欢给生产队干活。干这样的活儿是有报酬的，这个报酬就是工分。工分相当于钱，是村子里分粮、分布票、分日用品的主要依据。一说给工分我就特高兴，脸上笑开了花。大人们觉得很惊奇，问我为啥要工分。我说："不知道为啥，反正就是喜欢!"久而久之，就有人公开喊我"工分迷"，不再叫我的名字了。随他去，反正工分挣到手就行。

据我所知，唐河县南部的村庄在很长时间里是实行工分制来计算劳动收益的。工分制的高峰是"大锅饭"刚刚结束的那段日子。工分逐日分派。为了鼓励劳动力的投入，给男劳力每天分派10分——早上2分、上午4分、下午4分，女劳力分派7分——早上1分、上午3分、下午3分。老人和像我这样自觉参加劳动的孩子则参照女劳力的标准，再根据每一项劳动任务的强度给予不同的工分分配，比如修水渠、挖红薯井、打地基就会多一些（7分、8分、9分都有可能），而栽红薯秧、摘棉花、打豆子这些耗费体力较少的工作给的工分就会少一点（4分、5分、6分不等）。直到现在，农村女人还会称呼自己的丈夫为"我家劳力"——这指的就是家中承担生活负担的主要人物，也就是那些可以挣到大工分的男人家。

到年终的时候，各个生产队都会做一次工分总结。这是工分制时代农村里的一件大事。超过全村平均工分的人可以参与集体分红，主要是分钱、分余粮，而低于平均工分的人一律不准参加集体分红，还要在下一年度给生产队退工分（工分多退少补，上一年不够用的下一年补交)。这样可以鼓励大家多多劳动，改变“大锅饭”时混日子、熬工分的消极状态。工分制和“大锅饭”最大的不同是有竞争性，甚至带有轻微的惩罚偷懒的倾向。在农村，热爱劳动是一种普遍的风气。而对喜欢躲避劳动的二流子来说，工分制率先打破了人们对“大锅饭”的依赖，算是很难熬的一种劳动体制了。而对于热爱劳动、老老实实地埋头苦干的人来说，他们是欢迎工分制的。

每年的集体分红主要是解决吃粮问题，然后才是现金分红。每户人家所需要的粮食有六成是人头粮，按照人口平均划分，这部分收入是均等的，人多的家庭就分得多一些，人少的分得也少。还有四成是工分粮，根据每个人参加劳动的工分数来划分，参与工分粮分红的人必须保证工分超过了生产队所有劳动力的平均工分。至于现金分红也是这样一个标准，低于平均工分就自动丧失分红资格。另外，像布票、粮票、油票这些票证的分派也是定人定量，向劳动好、工分高的家庭倾斜。

正因为工分这么重要，我才会想到必须多挣工分。

我的工分多一些，父母就可以轻松些，肩上的担子能够轻一点。

到 1978 年分地（包产到户）的时候，也就是我当兵入伍前后，我每年都能给家里挣不少工分。有的年份，我这个小小的“工分迷”挣得的工分甚至会超过父亲。为了分得更多的粮食，也为了减轻家庭的重负，我这个上学娃每年能挣到两三千个工分（平均每天6分出头）。每当公布工分数字的时候，村里人都觉得很困惑。然而他们不知道的是，为了挣工分，我付出了多少，又下了多大的决心：每天少睡觉、少偷懒，什么苦都肯吃，最重要的是坚持。

村里的孩子们，无论年龄大小，很少有人像我这样咬牙坚持，像职业的马拉松选手一样投入地挣工分。

从十来岁的时候开始，我一边上学，一边干各种农活，劳动量相应地越来越大。套磨、过罗、碾红薯干、碾谷子、碾麦子，没有一样是轻松的。40斤一袋的麦子，要花4个小时才能磨完。麦子上磨以前，要先在罗上过两遍，先用粗罗筛掉浮尘、杂物和没有择净的碎秸秆，然后再在细罗上过一遍，筛得四面净八面光，不能让土坷垃什么的继续留着了。筛好以后的麦子光泽度大大改善，这才均摊到石磨上，拿起小刷子给抹顺溜，压得平平整整。接下来，要给磨道里的驴子套上笼嘴，搭上辕架，蒙上遮眼布，用口令吆喝一声：“嘚嘚嘚，走啦。”驴子开始工作了，沿着磨道转圈圈，人也跟着紧张起来，跟在它后面不停跑动，一边照看磨道里的驴子，一边清扫磨眼，整理麦子的碎粒儿。干燥的麦子在磨盘上不停跳动，一点一点变成碎粒儿，变成面粉，中途不能让它蹦到地上。遇到那些粗心马虎的主儿，驴子还会趁人不备偷吃一口，是要防备的。

家里的大人都把碾麦子、磨面当作一件大事去操办，通常是母亲带着我去，抬上一袋麦子。磨面一定要趁早过去，不用排队，可以不受打扰、痛痛快快地磨一袋面。秋天的午后，起了一点凉风，叶子挂在树上瑟瑟发抖。我刚从学校回来，还没来得及坐下，母亲已经从厨房里走出来，站在院子里叫我的小名：“祥啊，一会儿去磨面啊。”我隔着门缝应了一声，拉过来一把小椅子，打开书包写作业。因为要干活，作业也就写得相当马虎。估摸着写得差不多了，母亲从厨房里走到堂屋取东西，手上还沾着一点面粉，对我说：“差不多了吧，赶紧走！”我们用一个小竹筐装了一小袋麦子，抬着出了门。走过村中的小道，走过了房前屋后那些树木，走过一个又一个金黄的秋天，通往磨坊院的那些日子至今还在眼前晃动。

农历正月里喂牲口，二月里出污坑，三月里往地里拉车送粪，四月里砍草、种棉花、栽红薯秧，五月里割麦、打场、扬场、晒粮食，六月里摘绿豆、看瓜，七月里晒麦秸、编草帽，八九月要晒红薯干、浆洗衣服被褥……真的想不起母亲什么时候闲下来过，也想不起我们家老少几口人什么时候过过轻松的日子。在那些艰苦困难的日子里，即便如此紧张地劳作，牛马般地自我加压，也没有换得一顿饱食。“安逸”这个词在课本和生活里都绝迹了。

白天要劳动，干不完的活计，晚上继续熬夜加班做。食物白水煮，红薯疙瘩居多，吃不上盐，也吃不起盐。大炼钢铁的那几年，铁锅收缴上去，给炼钢用了，煮饭只能用瓦罐、泥瓦盆。平时能够吃到的菜是荒坡上的野菜、地里的红薯叶、野苋菜，吃不上鸡蛋，见不到肉，牛奶更是听都没听说过。家里常年喂着几只鸡，大都是产蛋的母鸡。我家母鸡的主要任务是给我们几个孩子产下换书本、换文具的鸡蛋。没错，鸡蛋不是鸡蛋，是学习资料和生活费用的来源，是我们的“鸡屁股银行”。

无休无止的劳作，无休无止的苦楚，让我们变得朴实、拘谨，越发地沉默。在那样的日子里，你是绝对无法忍受小偷和窃贼的。农村里的治安秩序完全可以用“路不拾遗”这个词来形容。每个村子都没有小偷存活的土壤——偷一个老虎耙子（南阳方言，一种耕地用的辅助工具）都要上全乡镇的公审大会，可以判几年刑。重罚重判，扫荡一切牛鬼蛇神的社会风气，现在想来，也只有在重度贫困的环境下才可能存在。

17 岁第一次远行

一边劳动，一边上学，时间在苦苦的煎熬里慢慢流逝。抬头看一看外边的世界，真不知道那世界究竟有多大，究竟有多远。初中毕业以前，从没到过村子周边 6 公里以外的地方。久而久之，对于生活的感受在慢慢地钝化，思维也有了停顿的迹象，这就是农村生活的最大弊端。白天是一成不变的气候，夜晚是闭上眼睛也能看到的沉沉的寂静。眼中的人物永远是熟悉的，不是邻村大伯，就是隔壁的老婶子。想挣脱束缚，想闯荡世界，这就是青春的诱惑。那一年，我 17 岁了。

一个 17 岁的男孩，生命中该有的叛逆都被牢牢地自我压抑着。然而，生命就是生命。不管任何颜色、任何材质的 17 岁都是要和世界为敌的——怀着一丝谨慎的敌意，小心翼翼地打量着自己的生活，暗暗地、不易察觉地表达出渴求改变的心声。

尽管那时我没有这样的意识，尽管我的同龄人都在忙着战天斗地、拉帮结派，斗地主、斗老师、斗那些自己听都没听说过的可怕的大人物、斗知识分子、斗牛鬼蛇神什么的，但我还是感受到社会和时代的一丝丝不同。我们不能这样下去！我们该有点不一样的活法了！

当你站在一棵大树下，这样默想的时候，当你站在一个旁观者的角度，竭力使用冰冷客观的眼光审视你自己、批判你出生地的种种，也许才能收获一份真诚的、源自灵魂本真的热爱。对于故乡，对于亲人，对于我们每一个人的生活，对于活在其中却无知无觉的生活内容，我们永远是在背叛的道路上互相靠近，在互相憎恨和互相热爱的两个极端相爱相杀，在拉锯战的摩擦里嵌入到对方牢牢坚守的生命堡垒。人之为人，人之觉醒，一定是在他给自己设定的审判台上完成的，绝不被心灵之外的束缚所克制。在什么年龄做什么事，这是对的。但是，17 岁的日子往往不在此列，那些 17 岁的生命总是与众不同、光彩熠熠的。

17 岁的时候，我不再是那个昔日的学生娃，这就是说，我终于有了一点属于自己的念想。这念想的内容，首先就是一首难以描述的狂想曲，装满了我的质疑，我的困惑，然后，也就有了我在人生中第一次的离家远行。

一天天，一年年，我和我的故乡拥有共同的心跳！然而，我们这些发誓要解放全世界的普罗米修斯，和我们周围的风景一样都石化了。为什么，为什么要变成固定在田野四周的风景画，重复着昨日单调的绿色，又慢慢地回到千古不变的枯黄？不甘心这样，又要苦苦忍受，把无数巨人的渴望封装到一个侏儒的身躯里。17岁，17岁，17岁的世界上诞生了多少画地为牢的囚徒啊！

困惑的是，燕子随着春风到来，大雁乘着北风南下，只有我的脚步停滞不前。逢着那些雪花飘落的时刻，逢着被一本故事书感动到落泪的时刻，逢着一个年轻人心潮澎湃的一刹那，哪怕是最愚钝的汉子也能直观地觉察到：一个堂堂男子，这样生活是不对的。毫无冒险、毫无荣誉是不对的，任由粗粝的生活把你打磨成一个小老头儿是不对的，活在一个6平方公里大小的、哪怕还可以自由活动的“监牢”里，也是不对的。最让我感到可怕的一个设想是：假如像磨道里的驴子一样，千篇一律、无限循环地走下去，这单调而可怕的生活该是多么无法忍受啊。

广播里天天在播报世界各国人民的消息，播报祖国各地社会主义建设的重大进展，播报人民群众开展运动的火热盛况，偶尔也会插播一些地方新闻，赞美旖旎风光的牧歌和歌唱风景名胜的革命小曲。关于大寨，关于红旗渠，关于北大荒，关于大庆油田，关于西昌卫星发射中心，关于罗布泊，关于雷锋和高玉宝，关于斯大林、非洲风光和古巴的种种描述，关于十大元帅和社会民俗的交替报道，都是每一个村民津津乐道的故事。在寥廓无边的田野之中，是一个又一个绿树环抱的村庄。在一个又一个圆形或半圆形的村庄之外，是寥廓无边的田野。就这样过了17年，我有点不甘心。我想：要是能出去看看，该多好啊。

机会很快就来了。17岁的时候，家里人口增多，老房子破旧狭窄，该翻修了，把面积扩大些，让大家住得宽敞一些。可是家里经济窘迫，拿不出修房子的钱。父亲让人给我姨父和舅舅捎个口信，让他们来家里议一下，开个小会。大人们开会讨论后，决定去平顶山拉一车煤炭回来卖钱，补贴一些翻修房屋的费用。父亲本来决定自己出马，要和姨父、舅舅一块儿出远门，被我挡了一下。我在会上自告奋勇地说，我可以去。我干活干得多了，平常锻炼得不少，有一把子力气。再说，我也想出趟远门，到外边去看看，路上肯定不会耽误事儿的。父亲跟家里的长辈商量了一阵子，觉得可行。就这样，我终于得到机会，可以暂时地离开板桥王大队，去远处逛一逛了。

说干就干。姨父和舅舅托人给各自的家里人捎话，把事情交代下，当晚就住在我家，计划第二天早上出门。吃罢晚饭，大人们带着我整理家里拉麦子用的那辆拉车，把该固定的地方固定好，该备下的绳子、铁锹、麦苫子、撬杠什么的都拿出来，归置在车上，又跟我交代路上的注意事项。比如，走到哪里歇晌，不要到处乱跑，不要跟路上的陌生人顶嘴，走过集市上不要东张西望，还开玩笑地说不要盯着路边的大姑娘看之类的。母亲在厨房给我们准备路上要吃的干粮。蒸了些窝头、蒸了些红薯，还装了一小袋玉米糁、红薯干、一点面粉，几个白萝卜、几棵白菜，用小布兜装上一点调料，备了舀水的搪瓷缸子、一口铁锅、三副碗筷等。母亲忙过一阵，坐在门槛上歇一歇，想起什么了就赶紧起身，再去凑路上可能要用到的东西。

最后，母亲神神秘秘地走到堆放杂物的棚子里，出来的时候，把平日一直撂在棚子角落的一根木棍塞给我，说："把这个拿好，晚上睡觉也要抱着！"

我说："这是干啥呢？"

"遇到狗咬你的时候打它！"

我偷偷瞥了一下几个正在谈话的大人，伸手接了过来。母亲满意地点点头，问我："打狗，打狗你会吧？"我的妈哎，这是非要把我当小孩子吗？我本来就窘得不行了，听到这句问话，几乎更要恼怒起来，便生硬地回顶了一句："好啦，你赶紧忙去吧，别瞎操心啦！"

院子里忽然变得非常安静。

我知道大家都在看我，脸腾地一下红得很厉害，羞臊得没办法，就装着有事的样子，出去跟人打招呼。身后，父亲和几个大人互相看了看，都忍不住笑了。

“你们笑啥，笑啥呢？娃娃没出过远门，要让他有个防备，懂不懂？”

我站在破破烂烂的院墙外，忽然听到母亲的这声吼叫。

实话说，我的眼泪差点就要落下来了。

出发的当天，我早早就起来了。心里有事，一直睡不着。

我走到厨房去，看到缸里的水空了，就挑了两桶水，把水缸加满；看到门上裂开一条大缝，就翻出来一块木板，把它钉牢。弟弟们睡觉的小房间门总是关不严，我伸出手去推开，看了一会儿他们睡觉的样子，又把门掩上。路上带的干粮足够吃了。我把自己的干粮袋打开，拿出几个窝头，揣在怀里，悄悄地走到前院爷爷奶奶住的地方，把怀里的窝头拿出来放到门前他们平时吃饭用的石板上。怕老鼠偷吃，我还给窝头扣上个大黑碗。坐在一段朽烂的木桩子上，我发着呆。阳光从树杈间的绿叶缝隙透出来，照亮眼前的院落。地上的烂树叶啊，土坷垃啊，雨水冲出的车辙印啊，还有这晨光里新鲜而朦胧的农家小院，都让我产生了浓浓的依恋之情。哎哟，那布满青苔的井口，那长满爬山虎和野花椒的林间空地怎么就忽然变得亲切起来了呢？往日里备显荒凉的村庄，高高挂在天上的朝霞，都似乎在说着什么。是在讲长大以后将要发生的事情吗？是在抚平我内心里剧烈震荡的波涛吗？我不知道。我只知道，从此以后，我的眼睛会看到更多，我再也不是心里只装有老牛、院子和热炕头的那个沉静的少年了。回到前院，母亲已经把鸡蛋和早上的红薯稀粥煮好了。她看着我和姨父、舅舅都吃下去，才收拾碗筷出去了。

我们拉着车子出门。我埋头拉车，脑子里一片空白。好一阵子，姨父叫了我一声，让我回头看下。回过头来，只有父亲站在村口，对着我们三个远行的人挥手。我知道，母亲要在厨房里忙碌一家人的早饭，没有时间来送我们。

出发了。上路了。第一次出远门，感觉只有匆匆忙忙的脚步声。

一路上，姨父和舅舅在跟我说经过的地点，它们叫什么名字，是怎个来历，那里的人情风俗是怎么样的。路边的风景越来越陌生，终于穷尽了姨父和舅舅的知识储备。在一些复杂的分岔路口，我们只能向路边的当地人打听怎么个走法。

“劳驾，请问前边到平顶山的路该怎么走？”

戴着草帽的庄稼汉，嘴里含着旱烟锅的老人，蹦蹦跳跳的小姑娘，都是我们探问过的路人。他们睁大好奇的眼睛，看看我们一行三人，问道：

“你们是哪里的人？”

“我们是唐河人。”

“我们是南阳人。”

他们点点头，表示欢迎。

“那，你们去干啥咧，要跑这么远的路？”

“我们去平顶山拉煤呀，凑点钱盖房子。”

路人似乎有些同情地看看我们几个，摇摇头，不再问了。他们伸出一根手指，指向前面空空荡荡、灰白交错的方向，那里的野草和花木在风中纹丝不动，那里的太阳和月亮共享着同一片山坡，那里很远，几乎是个没有什么声音的世界，而且没有任何路标。

山沟，陡坡，磕磕绊绊的石子路，尘土飞扬的大马路，被野生灌木和密密麻麻的小飞虫统治着的乡间小路，大水滔滔、响声震天的拦水坝两侧的林荫路，我们一律都或平坦或颠簸地走过去。

第二天，离家出行的新鲜劲已经过去。第三天的白天，我们都沉默下来，不再说话。除了赶路、吃饭和睡觉，我们脑子里只有“平顶山”这个嗡嗡直响的名字，还有模模糊糊、脑海里想象到的闪闪发光的煤山。

接近平顶山的那个夜晚，脚底板开始剧痛，手上起了水泡。水泡磨破，流出一点红血水，然后结成一个硬茧。吃晚饭的时候，发现嘴上也起泡了，躺下睡觉的时候腰快要断了，一睡下就起不来，似乎要永远地躺在异乡的土地上。

去的时候，我们走了三天三夜。

到煤场里，我们装了满满一大车煤，有一千多斤。让厂子里的人给装煤是要花钱的，而这个钱我们不想花。自己动手装，花点力气，就可以把钱省下来。付过买煤的钱，我们身上只剩下几张毛票和硬币，于是一下子感到紧张起来。舅舅把姨父拉到一边，反复数了几遍剩下的钱，愁眉苦脸地说："就靠这些钱回家了。"姨父对我说："回去的路更难走，要拉重车了，咱们都加把劲。"

我默默地点了点头。

煤场里到处都是飞扬的煤灰。拉煤的载重货车经过路面，一路上撒下些面粉样的煤屑，到处都是黑漆漆的。穿着工装的工人们三三两两地在我们面前经过，偶尔会看我们一眼。他们脸上的煤灰似乎结痂了，深深地渗到皮肤下面，感觉怎么也洗不掉。那些年迈的工人整张脸上只露出了两只眼睛，跟隐伏在煤山后边的小兽一样，一闪一闪地动。煤场里喧嚣而杂乱，只有机器的阵阵轰鸣，几乎听不到一点人声。

我们经过一座煤山的时候，稍稍停一下，给一大群矿上临时召集来干活的农民们让路。这里前段时间漏水，把煤山的一角冲垮了，需要这些临时工把塌方的煤铲起来，装到一个个运煤的翻斗车里，拉到远处平地上晒干。这些附近村子的农民从拉他们过来的卡车上跳下去，扛着铁锹和扫帚，就站在污水横流的地面上工作起来，在齐膝盖深的积水里劳动，奋不顾身地打扫积水、铲煤、装车。黑色的污水在地面上哗哗流动，被扫帚驱过来赶过去。高处的煤块还在不停地掉落，砸到地面上发出吓人的“砰砰”响声，从脸盆大小裂成拳头大小的黑疙瘩。污水溅落到人们的脸上、衣服上、背上，不大一会儿就分不出男人和女人了。只看到一群黑色的人影，在黑色的地面上蠕蠕地动，把头顶上散落下来的煤块迅速地铲到翻斗车四四方方的车厢里。翻斗车被这些铲入的煤块不停地砸中，发出尖锐、沉闷的声响。一个女人脚步有些踉跄地碰到车厢的一角，被翻斗车的凸起部分蹭了一下，便挥起铁锹狠命地砸了它两下，发泄心中的怒气。周围的人发出一阵哄笑，但是都没有停下手中的活计。让人吃惊的地方就在于，这些机器一样移动在地面上的人，和那安静而无声地在田间劳作的农民，还是同一群人吗？他们满嘴脏话，毫不在乎地对着煤山敲打、狂砸、高声厉喝，怒气冲冲地吆喝着远处的同伴，显得狰狞而怪异。男人、女人，温和的人、促狭的人，都在这黑色煤炭的大熔炉里化作一个无法描述的整体。是一个被环境浸染得毫无区别的整体，而不再是一个又一个孤立的个体。这就是平顶山，一个因为煤而定格在历史深处的城市。

我们穿过市中心的一角，走在回家的路上。

城市的道路平平整整，是很好走的，煤车拉着一点都不费力气，我甚至没有感觉到回去的载重车和去时的空车有多大区别。不过，一旦走到市区外围，上了荒草丛生的乡间马路，背上的拉车绳子一下子就勒紧了。

不到半个小时的工夫，我已经满身大汗。

走着走着，身体和脑子都已经彻底麻木。车子在身后发出沉重的喘息，人也在咬着牙硬扛。一千多斤的煤，几百公里的归程，这就是仅剩下的目标了。

回去的路上，路边的集市、陌生的景象全都无法让人兴奋起来。实在太累，累到手脚已经毫无知觉的程度，你是无法记住任何风景和繁华街市的，它们只是见证你的狼狈形象和汗水湿透全身的旅途上的观众罢了。

因为拉着煤车，也因为实在狼狈，吃喝跟住宿的问题我们要悄悄地解决。每到一个地方，我们都会避开人多的区域，拣一个偏僻的所在安置下来。睡觉时，我们几乎都是席地而卧，铺上麦苫子，用衣服或者是被单盖着肚皮，不受凉就行，随便卷巴卷巴就睡了。

吃饭呢，也很好解决：先去庄稼地、路边收集些柴火，抓一把引火的蒿草，接着就要开伙了。看准路边的坡地，挖一个浅浅的土灶，支锅、烧火，水开了以后下几根面条，扔两片家里带出来的白菜叶。煮熟就行，饿不着就行。吃饭的时候，我们三个谁也不看谁，跟三个吃惯独食的老猫一样，闷着头呼噜呼噜吃下去。吃得满头是汗，累得直叹气。吃完躺下就不想动了。吃过饭，我让两位长辈先休息，起身把碗筷收集起来，拿到近水的地方洗涮一下，把锅也清洗一下，一顿饭就交代过去了。

记得最清楚的是做饭时取水的事情。那时候哪有条件去找干净的水啊，做饭的地方往往是在荒郊野外，跟原始人差不多。靠近水源的地方蚊虫也极多，只能把歇脚处安置到离水源有一段距离的地方。离得远，取水、做饭、洗洗涮涮什么的都极不方便。这还是其次，最惨的是在做饭的时候偏偏遇不到适合你做饭的水，不是臭水沟，就是淤泥坑，再不就是漂着死猪、死猫、死老鼠、死蛇的小池塘，水藻和杂草在水面上跳舞，青蛙伏在草丛里呱呱叫，稍有响动它们就扑通扑通跳到你准备舀水做饭的那个水洼洼里。刚开始我们都接受不了，到返程的时候已经累得不行，顾不上讲究这些，只要闻着没有臭味、没有农药气息的水，我们基本都会舀到锅里去，还互相劝解着说：“不干不净，吃了不生病!”“都是受苦人，没那些穷讲究。”这路边取来的生水烧开以后，沉淀物很多，甚至能看见锅底沉积着一层薄薄的白色泥灰。只能闭着眼睛不想它，装作什么都没看见。时至今日，看见这种污浊霉绿的野河沟，我还会偶尔想起那些“野炊”的情景。

从家里出发的时候，我还是豪情万丈呢，想着到外边开开眼，长长见识，万万没想到，几百公里的平顶山这一趟跑下来，除了腰酸腿疼就是落个吃脏水、住野地的待遇。没办法，谁让咱穷，谁让咱没法子呢!但凡有一点活路的人，谁愿意出来受这种罪?还是我的舅舅说得好：“在家千日好，出门一日难。当忍时就忍一忍吧。”我终于懂得，为什么老家的老人们总把打发日子的活法叫“熬煎”。每个人有多少种活法?这肯定是个未知数，但无可奈何的环境决定了我们的选择。遇到“熬煎”的时候，真要学着忍一忍。忍着，忍着，直到生活发生改变。

窑上的日子

在学习上，我们是被时代耽误最厉害的一代人。虽然没有明确说出来，但学校里的每个成员，从教师、学生到管理者，大家都很清楚，我们这些处于农村最基层的年轻人通过学习和考试走向外边大世界的通道显然被堵死了。在那些年里，学校教师失去教学的主动性，而学生们的求学状态是怎样的呢？用我们老家的一句话来说，就是“学生们都被惯成了放羊娃”。

老师不敢管学生，也没有精力管学生，我们称之为“放羊式管理”。能学就学一点，学不会也没人管你。“我是中国人，不学 ABC。”“不学数理化，走遍全天下。”这种无知者无畏的学习态度，造就了多少“交白卷”的所谓“英雄人物”，既是对教师权威的挑战，也是对自身受教育权利的主动放弃。在这种环境里，想接受正常的教育、学习文化知识几乎是不可能实现的愿望。曾经有一段时间，学生受到鼓动去斗学生、老师斗老师、学生斗老师，等等，加剧了各种混乱无序的现象。一个不识字的贫下中农接管了学校。

接着，是开大会批判老师们对学生的“压迫”，声称要把学生从知识的“压迫”里解放出来。那段时间，胆大的学生们甚至在学校里公开和老师唱反调，稍有不快就掀桌子、骂人，严重扰乱了老师们日常的教学工作。总的来说，这就是我们在那个时期经受的教训：野马狂奔的激情过后，造成严冬一样漫长而可怕的沉寂。到处都是无知和狂躁，到处都是戾气横生的面孔和带着绝望感的激烈言行。

躁动不安的学校气氛，艰苦而落后的学习环境，让我无法忍受。可是，为了多学一点知识，还是得留在学校。凭着自己的努力和坚持，我在参加劳动、帮助父母挣工分的同时，也能在学习上保持中等偏上水平。然而这就是学校教育中我能获得的最好结果了：全国高等院校和中等院校的招生全都停止，初中毕业就无学可上、无路可走，只能回家“修地球”，延续世代相传、面朝黄土背朝天的古老生活。就是怀着这样的不甘，在十五六岁的时候，在最需要上学受教育的年纪，我结束了在大水赵初中的住校生活，回到家里，心情十分压抑。

从 17 岁到 19 岁，刚刚走上社会的我成了个“大人”，村里是按照真正成年人的劳动标准让我下田劳动，分派各种活计的。换句话说，是接受父亲的直接领导，他是生产队队长，干什么不干什么都是他说了算。至于干得好不好，是要大家集体评议的。整整两年时间，我带着这种心绪劳动着，默默无声，一天下来连一句话都懒得说。无止无休的劳动，让我的肌肉越来越强壮，然而内心里的不平和期望却慢慢地萎缩。每一天，我有点麻木地走向田野，拖着沉重的双腿，不知道自己要去哪里。身边的老牛挣开我手中拉着的缰绳，逃到对面的河沟里吃草，这一切都在提醒我：你是要去种庄稼，你是个庄稼汉啦！

在劳动上我没有落后过，这方面大家都称赞我干活实在。有时人就是这样，虚荣心无论如何都是生活的必需品。作为一个庄稼汉，能受到一点肯定，多多少少也会对我起到安慰作用：毕竟我还算是一个有用的人，不至于回到家里吃闲饭。

父亲知道我要强，在村子里分派农活时想尽量照顾我一下，每次都给我分配清闲一点、不那么辛苦的活儿。我直接就说，我想干重活，不想去割草、喂牲口，那都是妇女跟老汉们干的事儿。父亲很生气，觉得我折了他的面子，给我派活的时候就拣最重、最累的给我。修水渠、砸石头、下砖瓦窑、犁地、割麦子、晒粮食、打场扬场、清理粪坑、到最远的田里送粪送种子，等等，一旦发现干得不好，就把我当众一通臭骂，丝毫不留情面。我知道，父亲想用这些艰苦的磨炼把我的锐气磨下去。

毕业之后到参军之前的两年间，我没有停止过劳动，期间种过地、赶过牲口、收过庄稼、种过菜、卖过粮食、烧过窑，参军前因为能写会算还被调到大队里，在大队当过一段时间的会计，每天负责统计磨坊和油坊的收入、支出，然后报给大队的大会计师。只要是力所能及的事情，我都尽可能地多干一些。当会计没有影响我参加劳动，也没有降低我的劳动热情。对村子里缺乏劳动力的家庭、孤寡老人，我竭尽所能地帮助他们减轻些负担。慢慢地，在村口的饭场上，在饲养室人群聚集的角落，在召开生产大会的关键时候，人们不再把我当作一个刚刚毕业的学生娃了。村里的老人、亲戚邻居、大队的干部、我的父母、弟弟妹妹，都把我当作王家未来的顶梁柱，大家用赞许的目光看待我做的一切，尤其是帮扶困难户的时候。我手上的老茧一层又一层地堆积起来，大腿和膀子晒得黝黑发亮，身体结实，头发乌黑，走到哪里都显得精神十足。我身上的劲头在他们看来是新奇的，好像来自另一个世界一样。从别人的目光里，从父亲越来越严肃看待我的眼神里，我慢慢地明白了：这就是成长，是每一天都在发生并且终会开花结果的一个自然更迭。看到一代又一代的年轻人在村子里站稳脚跟，让村子里的一切显得更加年轻、更加有活力，这是老人们最乐意看到的事情。也正是这种微妙的新陈代谢，构成了村庄生生不息的力量，绵延无穷的繁衍秩序。新的面孔、新的力量，是从一个又一个幼小的身躯脱下稚嫩的学生装，换上农人所惯于看到的劳动行头开始的。在那样的一个年龄，也是在那样的一个特定环境里，一个年轻的农民，像我这样的后生，才会懂得生活深处正在发生某些最细微的变化。

这变化是永恒的，也是短暂的。土地张开怀抱，迎接你青春的力量；村庄舒张着每一个毛孔，期待你的安抚和钟爱。那些你原本熟悉的人们变得陌生了，而那些你年幼时期感觉陌生而抗拒的人物却在一个接一个地向你走来。它们和他们，都在力图改变你的印象，让你爱上这里的一切，让你触摸这里的每一道筋脉。谁能够预知这一切呢？谁能知晓一只在水井旁的树梢上来回徘徊的大雁，它最终去往哪里？在本该成长和记住的日子里，我们却在不停地忘却。忘了一段时光，忘了一些面孔。那些年我在我老家的几个村子间走过多少里程，早已记不清了。道路越走越远，季节越来越长。等到陌生和新奇重新凝固下来，藏匿在一个农人的躯壳里，我们也许会再一次对自己周围的世界失去兴趣。太阳底下无新事。假如一个人这一辈子永远守着老家，也许他会变得更加满足，也许他会每天在烦躁不安中度过。谁知道呢？谁也不知道！

然而那时候，我什么想法都没有，只是想老老实实地过日子，踏踏实实地劳动下去。我坚信劳动会让我变得充实和坚定，我坚信世代相传的那些真理。中原古老传统的农村习俗，不允许我停下来一一地咀嚼这深沉复杂的思考。吃饭，穿衣，休息，劳作，树叶绿了又黄，房顶落满雪花然后再慢慢融化，鸡鸭牛羊，狗吠深巷，这种单调而无休止的轮转，已经足以让一个喜欢思考的人走向平和，让一个躁动的年轻人逐渐变得温顺，甚至让每一天都在急速飞驰、剧烈挣扎的20世纪70年代变得可亲可敬。

伟人和领袖指引着时代的航道和前进的轨迹。而一个农民，在他自己的岗位上也并非无所作为。对一个农民而言，种好一块地，烧出一块砖头，垒一块石头，撑起一座摇摇欲坠的茅草屋，已经是他在祖国大地上所能做到的对战斗的最大呼应。他们也许只是在给自家建一座房子，一座混杂着柴草、卵石、泥沙和木头的土坯房，但这也是他们承担责任的一种神圣体现。在砖瓦窑上目睹农民们满怀虔诚地前去拉砖的情景，对一个普普通通的烧砖窑的小小后生毕恭毕敬地让烟、倒水的反常行为，已经足以使我深切地体会到：一个中原故居的农民，当他面对自己看起来略显简陋的新房，是多么自豪和欣喜若狂。那时候占据他脑海的绝不是什么自私的想法，恰恰相反，在他心里泛起的第一个念头，是巨大的欢喜，就像是听见无边无际但又充满光辉的远方世界的美妙音乐。这种朴素却真实的喜悦心情，简直与希腊人以古老仪式朝拜他们的帕特农神庙所感受到的神圣和快乐是一样的。

毕业之后到参军之前的两年间，我在老家干过的最重的活儿莫过于砖瓦窑上的劳作了。因为实在是艰苦，也因为接触的劳动场景和以往的田间劳作是不一样的，所以留下了一些比较深刻的印象。

老一代人或许都记得，那时候，好多村子都会自建砖瓦窑，烧制砖瓦、陶盆、瓦罐等，给当地村民解决盖房子要用到砖瓦的问题。我们村子也有一个这样的窑。砖瓦窑一般都位于村外，取用临近河坡的开阔地，地势上则是居高临下，阳光充足。我们的砖瓦窑也是这样：和村子里的聚居区域隔开很远一段距离，靠着河边便于取水，地势高而陡，跟炮楼一样俯视着脚下的庄稼地、河流和荒草丛生的野地。村子里的窑厂征用了这一大片荒地，从村里或别处聘请来的烧砖师傅指挥着干活的农民，让他们背着竹筐、扛着铁锹、推着拉车，沿土路下到坡地低洼的地方挖土，准备烧窑用的原材料——黏土。

窑上用到的土必须是黏性很强的黄土，农村俗称“黄胶泥”。在铁锨、木棒的帮助下，我们把这种黏土反复踩踏、摔打，从“生土”做成“熟土”，直到跟面团一样变成称心应手、软硬适中的泥坯。成为泥坯的黄土，性质上已经发生变化，具备了韧性和筋道。把泥坯从“加工车间”装到翻斗车里是一件令人感到快乐的事情。当我们把泥坯推送到制作砖坯的地方，师傅会走过来，指挥我们把泥坯小心翼翼地倒入做砖坯的模具里，或者倒入到做瓦坯的模具里。模具都是木头做的，按照砖头和瓦的成品来定宽窄尺寸，不过厚度得有好几个砖头和瓦那么厚，这是为了便于后期切割和晾晒。

我在砖窑上的主要工作就是和泥、提水、倒砖坯、提瓦桶。等到泥坯晒得差不多了，还要在砖瓦师傅的指导下割泥坯，就是按照砖头成品的厚度用坚硬的铁丝把泥坯分割成一块一块的，放到铁板上。端着铁板，把切割好的泥坯运到阳光充足的空地上，码到架子上。泥坯在阳光下晒到火候，就要及时地收起来，装进架子车，送到砖窑里。烧窑的师傅们早就等得不耐烦了，待到砖坯够数的时候，窑上就会关上窑门，点火开工，正式开始烧窑了。这时候烧窑的师傅们都紧张起来，两个人轮班，在好几天的时间内不停地续柴、加火，直到把一窑砖坯烧成砖头才能停下休息。

制砖坯和烧窑都是真正的技术活，来不得半点马虎。烧窑和制砖坯是专人负责的，像我们这种外行只能给师傅打打下手。师傅们常说：技术好的师傅能把坏掉的泥坯烧成好砖头，技术差劲的师傅则能毁掉一窑砖坯。所以，没有师傅带着，想偷师学艺是不可能的，中间的每一个环节，火候的大小，什么时候烧到什么火候，那都是一门学问。

我们的砖瓦窑上有 6 个人，有的来了，有的去了，时常会有些变动。但有一点是不变的，那就是干活期间大家整天都黏在一起，好像一个无法分割的整体。每一道工序、每一个环节都需要齐心协力才能干好。比如说打泥坯，有那么一个人偷懒，这泥坯就打不好，就会出现泥坯夹生的现象。这种情况一旦被发现，负责检查的师傅就会很生气，把大家不分青红皂白地训斥一顿，没有谁能够躲过去。活儿要一起干，责任要一起扛，这就是集体的力量。这种集体协作的劳动，让大家互相之间培养出了很深的感情，尽管每个人的生活习惯、生活背景各不相同，脾性也有差异，但只要说是“干活了”“上工了”，那就绝对不能马虎，要打起十二分的精神。

我们有时候也会发生冲突，比如说派活儿的时候，活儿有轻有重，派出去的活儿有人是乐意干的，也有不太乐意做的，师傅就要从中调解，用那时候的话来讲这叫“思想工作”。我们窑上的师傅在做这种工作的时候，常常是从一个小事儿开始，分析来分析去，最终落脚在“认真”两个字上。遇到烧窑的师傅临时家里有事，要回去割麦子、换衣服或者看看家里的老人，我就会被指派去烧火，给砖瓦窑上最金贵的东西——待烧的砖坯、瓦坯添柴加火。这时候，师傅就会提前把我叫过去，说："祥啊，你看是这，我要回家去，得耽搁两天才能来，你这人心细，为人稳重，也会操心，你给咱们烧火吧。这火让别人烧着我实在不放心呢，还是交给你的好。"就这几句话，包含了"思想工作"的基本路子，那就是：说明紧急情况，交代事情，再把顶班的人好好表扬一下。年轻小伙子都喜欢顺坡下驴，没有不爱听好听话的。这样一交代、一表扬，再一催促，指定管用。只要选的人不差，交代事情的时候把握好语气，稳稳当当地就能完成交接了。

说到烧窑的经历，不能不提一下农民们到窑上拉砖头盖房这件事。作为窑厂的一个"小师傅"，我曾经目睹过很多次这样的情景。

古文里形容一个人走投无路、无路可走、无处投奔的时候，有一句话叫作"上无片瓦，下无立锥之地"。在中国，这"瓦"，是砖瓦。这"地"，是宅基地。这无根无业之人，则往往是处在社会底层、最为弱势的农民。因此，在对待砖瓦的态度上，在对待房屋的事件上，一个中原地区的农民不得不是矛盾的、亲切的和痛苦的。砖瓦，实则是他的土地的一部分。土地，实则也是砖瓦的一部分，是他的"家"和他的

“国”的一部分。古时候，逢着战争和匪患的乱世，人们不得不背井离乡。要让一个土黄色的农人的灵魂面对墙倾屋倒的惨剧而不感到痛苦，那几乎是不可能的，就好比是让一个流浪的母亲不再想念她的儿女一样。正因为如此，每个农民都要在家里（无论多么简陋的家）的堂屋正中间供奉“神灵”。这一事实，只能说明农民需要的不仅是物质的庇护所，而且是精神的庇护所。

无论任何时候，无论处在什么年代，一个农民家庭都要经过很久的努力，甚至几代人的奋斗，才有能力盖一座像样的新房。某一天，这户人家实力具备，要到窑上拉砖头了。出发之前，家主必定要焚香祷告，掐算好日子，祈求平安和吉祥。细心的主妇还会在拉砖头的架子车的车辕上绑一条红绸带，在老房的门框上插几根艾草。到了窑上，拉砖的农民已经是满头大汗，但他们丝毫不敢显露疲惫的神态，反而打起精神，和砖窑上的每一个人亲热地寒暄几句，在闲谈的过程中，会给哪怕最不起眼的小工让烟、递水，极尽客套。那种客客气气的态度，和那种明显是伪装出来的谦卑，都毫无疑问地传达着这样一个信息：请你们多多照顾，把窑上最好的砖头卖给我们吧，不要掺假，不要藏私，你看我们是多好的老朋友啊！

面对他们无声的请求，你不会忍心拒绝的。然而，每个窑上总有一些次品，每批货物总有一些不入眼的瑕疵，你不得不硬塞给他们，逼着他们用正品的价格买回去，装到架子车上，拉回世代居住的宅子，一块一块地垒砌成墙面，成为他们“家”的一部分。就这样，农民们忍气吞声、赔着小心地拉着我们烧制的这车砖头，回家去了。临走之前，还要在窑上转一圈，甚至偷偷在不打眼儿的地方磕一个头，表示他们的满意和满足。

每个砖窑都有一个背对玉米地的位置，我看不到他们的表情，也不知道他们在面对砖窑跪下的一瞬间心里在想些什么。但我可以肯定，有的人是含着眼泪离开的。他们中间的很多人，曾经多少次地期望来到这座砖窑，期望着有朝一日成为这里的顾客，期望在这里留下身影和记忆。这大概就是他们人生的一个朝圣地，是一个中原农民内心深处说不清楚的秘密吧。

到部队去，到北京去

我期待着一个机会，能让我真正地走出去。

那时候，年轻人要走出农村，进入城市里获得认可，只有两个途径：一是上学，通过包分配的统一招生考试，比如中专、技校的资格考试，比如高考。二是当兵，经层层推荐，从基层农村进入招兵应征的环节，还要通过部队下到地方的征兵负责人主持的严格选拔。这两个途径对于农村的年轻人来说都是可望而不可即的。招生考试停了好多年。征兵则是分片征的，机会也很渺茫。什么时候能轮到郭滩镇、能轮到某个人的头上，那是谁也说不准的。

我的“朝圣”之旅，和导致我的生活面貌发生彻底改变的机会，是参军当兵。这件事情发生在1974年的11月27日。机遇来得莫名其妙，但是也来得刚刚好。在我最感到苦闷的年龄，在我沉寂已久的心里，参军入伍的机会引爆了我长久以来压抑着的渴望。

一天下午，我从外边回到家里，父亲默默地走过来，跟我说：“你准备一下，明天部队要来咱们郭滩镇征兵了，村里给你报了名。明天跟着我，到村委会参加候选人的评议会，等候结果和通知吧。”

尽管我平时也在大队工作，隐隐听说过这方面的传闻，但知道的不是很确切。首先，部队到唐河县征兵，来不来郭滩镇？如果不到郭滩征兵，那机会更是渺茫的。其次，如果到郭滩镇征兵的话，我的村里推荐和大队推荐能不能通过，有没有人推荐我？这都是问题呢。所以，猛然间听到父亲告诉我的这个消息，我的脑袋里嗡的一声，就跟飞出一群马蜂一样，顿时蒙了。我十分吃惊地问道：“真的吗？咱村里推荐我了吗？”

我看到父亲也有些小小的激动，手神经质地抖动几下，然后突然站起身来，背着手，皱着眉头，披着他那件袖口露着棉絮的黑棉衣在院子里来回不停地踱步。终于站住了，他在地上跺了两脚，提高声调，再次跟我说道：“我说的你都记住没有？明天要去村委会参加会议。有你，还有另外一个候选人，只能有一个入选。选中的才能去部队当兵……”

我连忙点头说：“嗯，爹，你放心吧。我记住了，记住了。”

“记住了就好。那么，你就去准备一下吧。”说完，他转身要出去。

我赶紧问道：“让我准备啥呢？”

父亲再次皱起眉头，思考了一下，说：“你好好想一想到时候要说点啥。”

我僵在原地，半天没挪窝，其实脑子里翻江倒海，早就炸开锅了。

那时候，在唐河县郭滩镇这样偏远的地方，消息闭塞，而我们柴庄村就更是与世隔绝，能够在生产队里好好劳动，将来到大队部跑跑腿，混个一官半职已经是天大的好事。至于到部队当兵，甚至将来转正、转干，拿上国家发放的工资和吃上商品粮，那更是天方夜谭。我们几乎已经不在这方面抱什么希望了。对于像我这样的年轻人来说，刚刚毕业，在农村劳动过两年，群众基础还不错，也算是有点文化，到部队里当兵不算是太难的事。但现在的问题是，名额只有一个……我能够入选吗？跟另外一个同伴竞争起来，我有没有点什么优势呢？结果是很难讲的。

时间过得很快。村委会组织的征兵人选投票会很快就结束了。我看见父亲从村委的会议室出来，手里端着喝水用的搪瓷缸子向我走来，顿时有些微微激动。父亲倒是心平气和，看不出和平常有什么不一样的地方。他走到离我几步远的地方，忽然停下来说道：“娃儿，这回中了！”我着急地问道：“部队选我了？那什么时候去报道……”父亲打断我的话，纠正了一下措辞：“不是部队选中你了，是咱村里父老乡亲选你去当兵。评比的时候，你的票数最高，通过了。就这么回事……”

我可以到部队上当兵，成为一名光荣的人民解放军了。

多少年过去，我仍旧能记得当时激动的心情。因为太激动，我已经想不起父亲还说了什么嘱咐的话，也不记得在准备报道的两天里吃过什么、做过什么、说过什么，只记得周围的一切好像沸腾了。整个村子的人看我的眼光都在悄悄改变，老人们跟我说话的时候格外客气，长辈们都在交代同样的一句话：“到了部队上，好好干。”我一个劲儿地点头，客客气气地说：“是的，是的，一定要好好干。”同龄人看见我，都羡慕得不得了，好像我中了状元似的。在这激动的心情里，我晚上睡不好，白天跟梦游一样，机械地走到田间劳动，回到家里吃饭、喂牲口、收拾路上可能要用到的东西。日常生活的必需品，母亲早就给我准备好了，无非是几件换洗的衣服、饭缸子、两双布鞋、一双竹筷。

两天后，父亲陪着我，步行去郭滩街的征兵处报道。一路上，父亲替我背着那个小包袱。翻岗坡的时候，包袱就在他背上来回晃荡。我说：“爹，我来背一会儿吧。”他没有给我，随口对我说：“路远没轻重，我给你背着，你能省点力气。”跟平时一样，我们匆匆忙忙赶路，不停地走着，互相很少说话。快到郭滩街十字路口的时候，父亲问我："你累不累，咱们歇会儿?"我抬头一看，父亲走得满头大汗，额头上滴下的汗水已经打湿了擦汗的手背和袖口。我说："行，确实有点儿累，咱歇一会儿再走。"

到郭滩街了。我们顾不上看一眼路边的街景，心急如焚地赶到镇上武装部。部队在郭滩镇的征兵处就在那里。等我们赶到现场的时候，征兵处已经是人山人海。好多家长带着孩子赶过来，在跟部队上来的人咨询当兵的事儿。部队上下来负责征兵的年轻干部穿着干净整洁的绿色军装，在武装部的院子里走来走去，维持秩序。其中一位看起来像是带队的领导，他端端正正地坐在桌子后边，手里拿着一支笔，指点着桌子上放着的《征兵启事》，向那些一脸焦急的人们答复问题。

我站在人群后边的一个位置，悄悄地听他讲话。

他讲的是普通话，每每讲到老乡们可能听不懂的地方就会习惯性地停下来，问道："刚刚说的这一点，你们能不能明白我说的意思？嗯，那我再讲一遍啊。"这是一位中年干部，跟我父亲的年龄相差不大。他说话的声音不高，但是每句话都讲得字正腔圆，简短直接，很有力度，很有吸引力，感觉跟广播上的男播音员差不多。从他的讲话里，我大致上明白了：这次当兵，有很大机会到北京去。“北京，对，就是北京军区，咱们的首都。啊，是毛主席住的地方。天安门，北京，这些都听说过吧？这次送娃当兵是来对了，是不是啊，老乡？赶紧让孩子们报名吧，到那边登记下信息。”

过了一阵子，军官站起身来，招呼那些在院子里乱哄哄说话、走动的新兵到他身前集合。桌子前拥挤的人自动让开到一边。地上空了一大片，露出地面铺着的青砖。大家都在集合。我该怎么办？我看了一眼父亲。他把包袱交给我，对我说：“人家都在集合，你也赶紧过去站队吧。”

新兵们集合了，站成整整齐齐的四个小队。因为还没有发军装，我们各自都穿的是家里平时干活、赶大集穿的褂子，穿什么的都有。有的穿一件单衣，有的穿着薄一点的棉袄，还有的在单衣里边套了一件红色的灯芯绒秋衣，把鲜红的领子翻到单衣的外边，显得格外醒目。

那位中年军官来到队列前，扫视了我们一眼，然后皱了皱眉头，说：“看看，看看大家都站得怎么样。自己看下左边的排头，站齐了没有？还有，等一会儿就要发军装了，穿上军装，你们就是部队的人啦，要遵守纪律，一切行动听指挥，不能乱说乱动，不能乱跑，集体行动，记住没有？”

大家齐声回答："记住了!"

他纠正说："记住了要回答'是'。现在，用一个字回答我，你们记住没有?"

这次，大家齐声回答："是!"

军官摆了摆手，说："下面，给你们每个人10分钟时间，跟家里来的人说几句话。就说你们要去北京了，部队会对你们负责的，让家里人放心。好了，现在，全体注意，解散，自由活动10分钟时间。"

军装很快就发下来了。我们全体新兵走到武装部的一间办公室，在里边都换了衣服。再走出来的时候，我就成了一名让家里人感到十分骄傲的新兵。

在外边围着的人群里，我看到了父亲。

他一时没有把我认出来，有些着急地在一大堆绿军装里找我呢。

就这样，我们背着自己的行李，爬到高高的卡车上——一辆解放牌的运兵车。我站在高处，再次看见了父亲着急的样子。他走近卡车，喊我的名字，我弯下腰来，让他能够摸到我的新军装。父亲摸了一下军装的袖口和扣子，说："娃，到部队上好好干，可不要想家咧。有事的话你写个信，捎到咱家里就中啦。到了北京，好好干，好好干，记住没有?"

卡车司机在鸣响喇叭，车轮徐徐启动，驶向外边的街道。我激动得不知道说什么好。父亲赶出来，再次交代我说："好好干！"

我把身子探出去一点，对父亲高声喊道："爹，你放心吧，我记住啦！"

我们新军装的扣眼上，挂着镇上发的大红花，每个新兵都给打扮得像新郎官一样：新衣服，新感觉。新生活，就这样一点一点开始了。

第一次照相

1974 年的 10 月份，部队下到唐河县征兵。

我在 1974 年的 11 月 27 日入伍当兵，办理了入伍手续。那一年，唐河县设了两个征兵点，一个在郭滩镇，另一个在黑龙镇，全县共征集了 1000 多名新兵。11 月 28 日早上，我跟附近的新兵一起到郭滩街集合，然后县武装部来了一次全县范围的新兵大集合，给全体唐河籍的新兵点了一次名，然后准备离开唐河，转车到南阳。

大解放卡车拉着一批又一批新兵，在唐河县武装部全体集合后，经过短暂的培训和教育，被告知需要掌握好路上的安全事项。11 月 28 日，我们重新登上卡车，赶往南阳市。

卡车在通往南阳的马路上急速奔驰，车上开始静悄悄的，没有人吭声。车厢里的新兵都有点忐忑。我和大家一样，清楚地知道自己要去部队了，只是不了解部队究竟是什么样的，会不会很严格，部队领导的要求我能不能达标，能不能干得长久，能不能干好，还都是未知数。再有，从乡下的一个小村子出来，外边是什么样的世界，能不能接纳我？会不会被人欺负？会不会结识一些新的朋友？这些都是让人好奇和期待的全新生活。

“到西大岗了！”

“到桐寨铺乡了！”

“到金华了！”

“到南阳县了！”

“到枣林街了！”

“过白河桥了！”

“进市区了！”

老兵和部队上的领导在给我们报站，好让我们知道走到哪里了。每听到一个新的站名，我的心里就会微微一颤。

这是我第一次坐这么久的卡车，真是有些紧张。

我心里默默地念叨着：家里的牛车、拉庄稼的板车，再加上卡车，我坐过三种“车”了。在柴庄村，谁坐过三种以上的车，有吗？凭着那一点有限的见识，我在努力地回想：父亲？肯定没坐过。生产队长，大队会计，砖窑上的师傅，学校的几位老师和那上了年纪的老校长，估计也没有这种经历吧？想到这里，我竟然有些得意。我，毕竟跟他们不一样啦，我坐过三种“车”，说起来还不得吓他们一跳。后来读了点书，读过鲁迅先生写的《阿 Q 正传》，我才知道那个刚刚离开老家的我，那一路上胡思乱想的我，也是一个活脱脱的、年轻的、穿着军装的小小阿 Q：越是没有见过世面，越是容易骄傲；越是没有骄傲的理由，越是要给自己找一个自我安慰的借口。而那些内心强大的人，真的不需要寻找什么“骄傲”……

在最初的激动过后，我们按照部队领导的要求，闭着眼睛端坐在自己的位置上，任凭车身剧烈地摇晃着。慢慢地，我们都平静下来。

我一路上没有说过话，闭着眼睛，感觉着周围的一切。我感觉到卡车在加速，在减速，在拐弯，在超车；我感觉到自己在集市的人群里缓缓驶过，在野外肆意飞奔，在咣当咣当响着过一座桥；又过了很久，我能感觉到我们的运兵车拂过路边的柳树枝条，在沙土路上颠簸和喘息；我甚至感觉到这辆卡车和我一样，甚至变成了我身体的一部分，在城市和乡村的交界线上犹豫着选择自己要去的一个岔路。我在亲人的注视下离开家乡，热切期盼着未来的日子，心跳得咚咚直响，在卡车吱嘎吱嘎的声响中告别故乡。

在南阳火车站，我们从卡车上跳下来，坐上火车，一路北上。

这是一辆绿皮火车，铁打的脑壳，铁打的身体，披着军绿色外衣，在钢铁铺就的轨道上一声长鸣，出发啦！车身是密封的，平时专门用来拉煤、拉货，俗称“闷罐车”，现在改成征兵专列。车里稍微做过打扫，还能看见煤灰留下的痕迹。过道里和顶棚上都是黑乎乎的，一碰就沾到身上。有几个调皮鬼拿手抹了一把煤灰，在周围同伴的脸上抹几下，顿时把一个帅气的小伙子变成了“黑李逵”。正闹得高兴呢，带兵的班长过来，狠狠训斥一顿，把那几个捣蛋的“破坏分子”骂哭了。班长重新做了一次训话，强调严格遵守路上的行军纪律，让大家背诵“三大纪律八项注意”。然后，班长挥挥手，让大家重新坐好。

车厢里不再闹腾。

闷罐车拉着我们离开南阳的大平原，离开黄河，去往一个又一个陌生的地方。大家沉默地坐在背包上，吃饭，睡觉，然后揉着惺忪的睡眼，到指定的地方大小便。排不上号的，就只能忍着。遇到途中的军事供应站，火车会停下来，让我们短暂歇息，去供应站打点开水，活动下腿脚。有些新兵一时找不到厕所，就偷偷溜到货场里无人看管的角落，就地方便起来。带队的领导们来找的时候瞧见了，也只能睁一只眼闭一只眼，权当没看见。你若是问那个兵：“你怎么蹲在这里拉屎啦？”他就会说：“咋了，咋了嘛？俺在家里就是这么拉的。”你要是再审问几句，他就开始耍赖：“那好，你说在这里拉屎不对，那你给俺们示范一下，该咋着拉出来才合乎规矩嘛。”一来二去，问题不可能得到解决，只能打一打嘴上的官司，抬一阵子闲杠。于是，在供应站遇到的这种不文明现象，大家对我们这些刚刚从农村的麦秸垛里钻出来的、啥也不懂就敢脸红脖子粗地抬杠的二货，只能冷处理。即便是那些脾气火暴的征兵干部，也顶多骂上两句了事。站台上拉响汽笛，又要出发，所有的争吵和矛盾马上烟消云散！丁零丁零一阵响，看谁跑得快：这边没有拉屎的人了，那边没有抬杠的人了，喝水的赶紧把搪瓷缸子收起来，靠着墙角抓虱子的愣头青噌地一下跳起老高。时间不等人，落在后面就只能回老家去！这个观念，我们倒是十分统一。

原地休息，自由活动，集合出发。

到了新的站点，依然是相同的指令。

两天后，列车路过山西。在山西介休的军事供应站，有些新兵按照指示下车了，就地分配在当地的部队，留在了山西。我们剩下的人继续前进，奔赴北京方向。

经过三天两夜的奔波，部队到达北京。我们从唐河出发的这批新兵经过截留，还剩下 85 人，大家接到指示马上赶赴北京市平谷县东高村的塔山，前往那里的军事驻地报到，之后我们成为北京军区陆军炮六师的一员。

我们在北京平谷下的车。下车后集合起来，领取冬装，有棉袄和棉裤。农历十月的天气，已经很冷了。大家都冻得哆哆嗦嗦。换上新衣后，我随着大部队步行前往平谷县驻地。40 公里的路程，我们整整走了一天。

到达平谷县，我们做了一次统一的体检。然后，开始接受分派，在新兵班里做为期 3 个月的锻炼。第一天，我和新来的战士一起打扫卫生，在班长带领下学习整理个人卫生。我们新兵班共有 12 人，班长名叫曹建国，排长是李忠勋同志，全排共有 36 名新入伍的战士。

从第二天开始，我就参加正规训练了。训练分军体训练和射击训练。3 个月训练期我们过得很愉快，尽管身体上觉得疲倦，但是大家的热情十分高涨。每到周末，新兵连领导要求我们组织一次集体活动，拉歌、赛歌、拔河比赛。到了 12 月底，天气已经变得十分寒冷，大家在恶劣的室外环境里集体锻炼身体，围坐在训练场上唱歌，驱散了刺骨的寒气。

时间过得很快。转眼间，3 个月就过去了。

新兵连的战友们来自五湖四海，有湖北的、陕西的、河南的、河北的，还有东北的、北京当地的，大家在一个集体里生活，接受集体荣誉的教育，都慢慢懂得部队生活的基本要求，那就是：吃苦训练，掌握本领，早日立功。光是整理个人内务这样一件小事，大家每天饭后就要讨论很长时间，然后逐个宿舍参观学习，回来后对照自己做得不好的地方单独加练。被子要叠得方方正正，跟豆腐块一样，棱角分明，折痕清晰。随身军装及时清洗，鞋子要摆放在床下固定的位置，茶缸、水杯、牙刷、书本要各就各位，跟出操站队的队列一样，做到规范干净、整齐划一。

班长曹建国对我们说得最多的一句话就是：作为一名军人，要站有站相，坐有坐相，团结紧张，严肃活泼。如果是召开民主学习会，他便会一条一条地来给我们解释："首先是思想上要紧张起来，然后是做人的态度上要严肃起来。紧张训练，出了成绩后，才谈得上内部的团结；严肃生活，严以律己，要有带头意识、主人翁意识，主动去做、主动去干，把自己当作部队大家庭的一个成员，才能真正体会到部队生活的快乐。"

在全军学政治、人人练内功的形势下，我们这些新兵逐渐熟悉了国内外发生的事件，也熟悉和懂得了自己所在的这支部队——陆军炮六师的历史。

我们这批新兵入伍的时间是1974年，正是陆军炮六师驻扎平谷的第六个年头。这时的炮六师，已然经历过辉煌的发展历程，可谓是南征北战，从无到有，从小到大，从弱到强，见证了中国人民解放军史诗般发展的光荣轨迹。就部队自身的军事建设来说，也是硕果累累。历数从成立到发展的各个阶段，炮六师打过很多硬仗，更打过很多胜仗，锤炼了一大批优秀的炮兵指挥和作战人员，为捍卫新中国的胜利成果、抗击外来侵略、保护国家安全和社会主义建设成果做出过有目共睹的贡献。

三十八集团军炮兵旅前身部队（晋察冀炮兵排、晋察冀军区炮兵旅、炮兵第六师）自诞生以来，先后参加过抗日战争、解放战争、抗美援朝等重大战役，曾在渡江作战中击中入侵我国的英国军舰“紫石英号”，受到毛泽东主席的表彰。这是全军第一支成建制的炮兵部队，全军唯一参加过 14 次国庆北京阅兵的炮兵部队，全军唯一对外开放的炮兵部队，也是全军首个机械化炮兵部队。

在炮六师的大家庭，在艰苦训练的日子，我和我的战友们一起摸爬滚打了 3 个月，期间有酸甜苦辣，有心灵深处的震撼，有各种的闹剧和新兵都要经受的阵痛，有难忘的人、难忘的事，但让我印象最深的莫过于一个刚刚走出封闭落后农村的年轻人所遭遇的“历险”——人生中的许多第一次！在入伍的最初阶段，我的每一天都可以用“蜕变”这个词语来形容：第一次住在集体宿舍，第一次刷牙，第一次与人严肃认真地谈心，第一次面对陌生人做自我介绍，第一次和沙袋、木桩、行军床、枪械有“亲密接触”，第一次站岗值班，第一次在无人催促的情况下主动自觉、安安静静地读一整套书——《毛泽东文选》。总之，在经历过太多太多的第一次后，我日益感觉到部队生活的亲切、严肃，和藏在生活变化背后的那些“第一次”的意义。

刚刚入伍的年头，印象最深的莫过于第一次照相的经历。

入伍一个多月后，1974 年 12 月的一个冬日，也是一个周末，部队轮休，两个战友约我一起去逛一逛平谷县城。一个是老兵贾三和，一个是新兵崔俊国。我犹豫了一下，随后就答应下来。到周末的时候，我们三个结伴出行，出发去平谷县城。说到逛街，我还是初来乍到头一次出去逛。部队对外出有要求和规定，必须两人以上结伴出行，出行的人里必须有一个老战士，保证往返的路上不出岔子。我在这方面属于粗心大意的类型，根本没注意那次同行老兵的紧张情绪，只记得他一路上不停地嘱咐着各种各样的要求：不能和地方上的老乡吵嘴斗气，不能吃路边小摊上卖的零食、饭菜，不能盯着过路的姑娘，不能大声说话，不能歪戴军帽、晃着膀子走路，等等。路过一间照相馆的时候，看了下那家的门脸，牌子上写着“平谷县照相馆”，是当时的国营照相馆。我跟两个战友说：“请问一下，我能不能进去照张相?”得到他们的同意后，我就进去了。

当时的部队有规定，一天吃两顿饭，上午8点半开早饭，下午3点半开晚饭。回去晚了，就赶不上饭点，要饿肚子。所以，看到我要去照相，他们对我说：“你在里边照相，不要乱跑。我们去那边看看，过一会儿来接你，咱们一起回营房里，赶上开晚饭，好不好?”

我说：“行，你们去吧。那我就去照相了……”

那张照片，就是我部队生活的最初写照。话说，这是一家老式的照相馆，门口立着几个半人高的相框，进去后，前边是柜台，后边是工作室，靠着墙角的位置摆放着可以展示照相馆摄影水平的照片，大多拍的是扎着马尾辫的漂亮姑娘和胖乎乎的小孩子。里边有几个人在等着照相。我在柜台前交了8毛钱，然后按照摄影师的要求，脱下军帽，安安静静地坐在凳子上排队等候。环视周围，都是让我感到十分新奇的景象：领袖像、元帅服、红色绶带、漂亮的小手套、塑料做的玫瑰和百合花，奇奇怪怪地混杂在一起。还有欧洲风格的门帘，有扎着白色羽毛的女士帽子，但摆得最多的是军绿色外衣、红五星军帽、边防部队冬天惯用的火车头帽子、军用的高靿皮靴、单鞋等。我顺手拿起一副软绵绵的女式手套，伸出一根手指头，轻轻地摸了一下，手上立刻感受到一阵细滑而温润的暖意。恰在此时，我的举动被人发现了。这个人就是铺子里的老板兼摄影师。老板忙完了里边的活计，从屋子里踱出来，把客人送走，然后回过身来，冷冷地瞥我一眼，似乎看穿了我的一身土气，问道：“你……也要照相吗？”

入伍后的第一张照片

1974 年

我能感觉到这种居高临下的语气很是不友好，真想转身就走。转念一想，来一趟不容易，战友们还在等着我，如果连张相片都没照上，不管怎么样，都是会被人笑话的。算了，还是照吧。

我说：“照相吧。给我照一张全身像。”

老板嘴角似乎挂着一丝讥诮意味的微笑，说道：“好嘞，全身像很适合您这样的身材，精神！”

我搓了搓手，问：“怎么个照法？”

老板的眉毛挑了两下，迟疑着告诉我：“来这边，您坐下来，看着前边的镜头，对对，就是这样。顺便问一下，您以前没有照过相吗？”

我的脸一下子红到耳朵根，往旁边看了一眼，没有吭声。

照相的全程里，我跟木偶一样，任由这位严厉而啰嗦的摄影师用满口京腔的指令摆布着我的身体姿势，时而坐下去，时而站起来，调整到他认为比较满意的角度来拍照。

最后，我清楚地听到他喊出一声：“好了！完工！”

不知道是他完工了，还是我这难忘的第一次照相的尴尬遭遇结束了，总之，我感觉到人生第一次留影不是特别愉快。等了一会儿，第一次照相的成果就新鲜出炉啦！我穿着笨重的、臃肿的军用棉衣，套着厚厚的棉裤，竭力地微笑着，面向镜头深处，冲着那光芒闪烁的正前方微微瞠视，唯恐错过一次灯光闪耀的机会。说真的，在这次照相的最后时刻，我紧张得手心几乎要冒汗了。庆幸的是，我那两位战友因为惦记着逛街凑热闹，把我单独一人撇下，刚好错过我在照相馆里的窘态。

回去后，这件事在我脑海里徘徊许久。

从照相这件小事开始，我像一只热爱反刍的老牛一般，再次回到一个人的世界，在脑海中对入伍前的每一段生活做了电影式的回放。北风呼啸的季节，寒气逼人的宿舍，挡不住我对生活进行审视和反思的极大兴趣。越是在那万众狂热的大时代里，越是催生出孤独和寒潮下的生命，不够温暖，不够阳光，也不够健美，但就是这样的碎片和元素构成了我特有的“精神支柱”。因为长期得不到精神关爱，我的内心几乎要成为荆棘遍地、风景荒芜的乱石岗。因而要保持精神的反刍，用这反刍而来的可怜的营养，给“乱石岗”撒下一点绿色，输送一点萤火般微微闪烁的光与热，让自己成长起来，让精神世界回到正常的节奏上。

每一次反思，都要从劳动开始。这土得掉渣的词汇，却因频繁的内部审查而成为一个年代的神圣之物。朋友们，我们依靠劳动活着，这是真的：不管是身体、生活和物质的收获，还是精神的发育、灵魂的启动。劳动创造了我们，像肉眼不可见的神明，劳动也损耗着我们，如魔鬼般粗粝，且循环往复着。生命，从劳动开始，也将以劳动结束。

从小到大，因为高强度的体力劳动，我几乎丧失了一个年轻人该有的活泼与快乐：逛街、娱乐、留影、与家人之间轻松愉快地交流……我只知道劳动是生活的必需品，只知道埋头苦干，而从来没想过劳动的报偿可以是快乐、愉悦、铭记一生的美好、无伤大雅的衣食享受。

譬如：从出生到成年的18年里，我居然从来没有逛过老家那个口耳相传的街道——郭滩街，更没有想过要在那些神奇的有着古老传说的街巷里购买一双袜子什么的，或者，买一顶带着红色五角星的帽子。真的，我从来没有向往过那样愉快的生活！不是我不愿去逛街，而是艰苦的生活紧紧束缚着每一次想象，使我无法领略街道的意义、市镇的魅力、商品的诱惑、饕餮进餐和放肆购物的乐趣。

郭滩街，在我幼时的记忆中显得虚无缥缈。直到当兵入伍前的短短几天里，因为亲身感受了街道上的一切，那些门面房、临街的住户、肉铺子发散出来的卤肉香味、尘土飞扬的马车，才慢慢地结合在一起，成为一个实体的街道，才变得亲切、踏实，成为我“故乡”的一部分。

同样，对于我一度感到无法接近的城市，尤其是北京这样一个庞大而伟岸的存在，我怀着微微战栗的喜悦感受着它、亲近着它，绝不会轻视和“亵渎”它的热情和包容。我已经真切地感受到：这是地理学之外的北京，它比地图上的那个标注显得更加亲切，也更加庄严。

我们这些满怀虔诚的朝圣客闯进北京城的一刹那，似乎都变得神圣起来。我们，穿着绿色军装的军人，在北京的广场上荣耀起来，在北京的四合院外光芒四射。这是革命军人的荣誉，强烈的、令人无法抗拒的荣誉感，打开了我们对北京的每一次眷恋。

所以，第一次照相，给我留下烙印的既不是北京的城墙，不是北京的风光，不是北京积存下来的市侩习气，也不是萧条而冷漠的寒意，更不是街道上冒着轻烟的油条摊子。而是那来自“深处”的一瞥：冷冷的，严肃的，质疑的，粗粝而神圣的审视。仿佛一枚迟迟得不到孵化的恐龙蛋化石被猛然击打，在无声而猛烈的击打中，你会突然苏醒，从而完成原本不可能实现的自我教育和成长：你要知道所去的地方，你要知道必须和什么样的人难解难分地结合，你要知道前边是风景，但不是所有的风景都会等待所有的人。有人掉队了，有人放弃了，有人从远隔千里变为近在眼前，有人从亲密无间变得再也无法交心。

当然，我也该知道，起床前，我要好好地睡一觉，否则，明天早上双眼通红的我真的无法起床，达不到操练新兵的要求了！

部队里的酸甜苦辣

1974 年到 1991 年，从青年到中年，我走过了一段从懵懂无知到阅历丰富的路程。我，一个进入北京的中原人，人生最有意思的阶段都是在部队度过的。回顾我的军旅生活，从时间上可以分为三个阶段：

一是新兵入伍阶段，忙于接受训练，经受着各种各样新生事物的冲击。二是从新兵连分配到所属连队，经过部队基层的严格考验后，在生活方面、为人处世和业务能力方面都在不断打磨，百炼成钢，淬火升华，成为一个自主的人、锤炼过的人。三是选调到科室工作，先后经历入党、提干、职务升迁等工作变动，逐步成为自己所在岗位上的一颗螺丝钉，兢兢业业工作，踏踏实实做事，为部队建设贡献出一点一滴的力量，达到部队提出的要求，改进自我、完善自我。

从一个“农民的孩子”成长为“部队的孩子”，从一个不受约束的人成为一名纪律严明的战士，这就是部队生活对我最大的改变。从一开始的自我奋斗到逐渐融入无法测量其规模、无须隐藏个人内心的火热熔炉中，我懂得了很多，学到了很多。

在部队生活的每一天，我和战友们像兄弟一样并肩战斗，却又比兄弟还要亲密无间。正是他们，让我感受到加入一个集体的温暖，领略到从未想象过的关爱。正是他们，让我学到一身行走于世的本领，还交到一群热心开朗、开诚布公的知心朋友。

一路走来的日子，风雨兼程，我们每一个战士都无暇做出全面的总结。而今，等到有了时间和精力，我又可以愉快地回想起部队生活的点点滴滴。回首曾经的岁月，竟满满累积了对部队整整 17 年经历的怀念。跟当初的插队知青一样，我们响应祖国在特殊年代的号召，贡献了一切，遭遇了一切，不过最终还是要用“无怨无悔”几个字来给自己的往日画一个句号。只不过，现在的我们，都垂垂老矣，比追赶着青春和烈火的年轻时代的我们多了一点理性和反思，少了一点盲目的激情。部队生活的经历，早已深深烙印在每一个“兵哥”脑海深处。多年后，当我们谈起当初的自己，说得最多、最能戳中泪点的也许就是我们决心离家的那一晚。那一夜的我，躺在床上，辗转反侧，像大战前的将军一样忧思重重。而当晨光射入门框的一瞬间，那不再闪耀的星辰和寒气森森的晓月还是要逼着我们走出家门。

当初我们怀着满腔豪情，辞别故乡，踏上远行的列车。当初的我们，何曾在乎多年后煮酒论茶的沧桑？脚步在哪里，路就在哪里！这就是当初的我们义无反顾地投奔的故事。

刚到部队，眼前所见的每一个景象都是新鲜的，很容易就激动起来、吼叫起来。在这种催人奋进的氛围里，我暗暗地下定决心：只要有机会，一定要报效祖国；只要有机会，一定要竭尽所能地帮助他人。

从地方上刚刚来到部队的我们，在全新的环境里不断适应着、改变着。一开始，大家都固守着原有的生活习惯，像一群没有睡醒的人，被生活的列车带到很远的地方，猛然间睁开眼，才发现新的地方有着新的风景，原本熟悉的事物变得陌生了，原本明白的事情变得糊涂了。我们每个人都晕头转向，以为自己还停留在以前的生活里，而以前的风俗、以前的习惯，还在时时左右着我们这些刚刚进城的小年轻们。随地吐痰，对着墙根撒尿，高兴了就哈哈大笑，不高兴就抡起拳头，开玩笑可以没大没小，干起活能偷懒就偷懒。可是部队的生活彻底教育了我们、纠正了我们，把一群天真颟顸的庄稼汉慢慢改造成有作风、守纪律、懂规矩的人。就像班长说的那样，我们大家是来自五湖四海的人，在部队里汇集了五湖四海的习惯、五湖四海的口音和五湖四海的作风，每个人都各行其是，那是绝对不行的。

在班委会上，一说起统一行动这个要求，班长就要拿普通话这件事来教育大家。当时，我们这些新兵蛋子因为各说各的方言已经闹出过不少笑话。谁也听不懂谁的，沟通是个极大的问题。就是因为这个，班长才要求大家统一步调，进入部队后，先从学习普通话开始，让每个人都能听懂自己在说什么。

学习普通话，最好是跟着北京本地的战友学。我们新兵连有好几个北京招来的“城市兵”，有商玉林、华欣等。我因为普通话很差劲，就想跟着他们多学点。第一次相处时，我给他们倒了一杯开水，说：“来，不要见外啊，咱宿舍里没有茶叶，只能请你们喝一杯白开水了。”

他们把水杯接过去，却说：“王书祥同志，请您再说一遍好吗？您刚刚说的我们听不懂啊。”

我向来觉得我讲的河南话是很地道的，而河南话，在我看来，那跟普通话没啥区别，他们北京战友讲的我都听得懂。反过来，我讲的河南话，他们也应该能够听懂啊。河南话，这么顺溜的方言，怎么可能听不懂呢？那时候，听到谁说听不懂我说的河南话，我心里就会冒火。

听不懂？怎么可能？

我忍住气，用刚刚学到的“京腔”微笑着问道：“嗯，请问是哪一句听不懂？哪个地方听不懂？”

他们说："您请我们喝的这不是白开水（shuǐ）吗？为什么要说是'开水（shěi）'？就是这个词儿啊，我们真的听不懂。您啊，也别生气，我们也就是随口一说，您别往心里去。"

这两位战友客客气气地给我的"普通话"打了个很低的分数，而且很有道理，讲得又清楚又明白。我算是真的服气了：我的普通话，还得好好学，主要是夹杂的方言词儿太多。他们给我举过几个我说过的方言词汇作为例子，大家看看好不好懂：板挞儿（板凳），拖拉板儿（拖鞋），咋住（咋个），酥你（揍死你），烧哩慌（发热、发烧），牛娃屎（蒲公英），蛛串（蚯蚓），长虫（蛇），圪蹴（蹲下来），夹道（厕所），引窝蛋儿（吸引母鸡去下蛋的鸡蛋壳），烧毛头（行事急躁、莽莽撞撞的年轻人），老鳖一（遇事不敢出头的人），去整啥哩（去干啥），中（万能词汇，应对一切语境的语气词）。

我费了九牛二虎之力，总算把河南方言中的两个字慢慢消灭了，一个是"中"，一个是"哩"。以前，说到任何事情都要说的这两个字，现在要在日常的对话里逐渐减少使用，取而代之的，就是"可以"和没有"哩"字的那些表述。尽管自己说话不太方便了、不太痛快了，但是战友们都能够听懂了，不像原来那样说一句问一句，影响到交流。

在一张战友合影上，我们架线排三班有一张照片，真实记录了当时的成员构成：崔俊国，张社献，王书祥，杨国伟，贾三和，刘志刚。最后这两位，我记得很清楚，都是河北元氏县籍贯。

我，为了追求进步，也为了满足工作的内在需要，琢磨很久，觉得还是要根据自身能力，做点事情。在班级召开的集体会上，我跟每个战友一样，说：我们决心要响应毛主席号召，向雷锋学习。我自己的打算则是：多干活、干好活，乐于帮助他人。

我们班排为了鼓励大家提高思想觉悟、加快思想改造，还组织新兵们到天安门广场人民英雄纪念碑前参观学习。观摩结束后允许自由合影，大家在宏伟的广场上根据个人意愿来拍摄自己中意的合影照。就在这次，我们几个关系不错的战友站在一起，再次合影留念。

这个阶段，我们已经是到部队基层服役的“熟练工”了。总的来说，部队的生活是有规矩的，也是有规律的，要求每个人都要熟悉环境，掌握规则，在自己的岗位上尽可能地多干活。部队上和老家里一样，吃的都是“大锅里的饭”，但部队食堂有锅也有饭，而老家里的生产队食堂空有一口大锅，饭则“不见踪影”。我们这一批刚入伍的新兵，都能在部队吃上饱饭了，最让人惊喜的是，偶尔还能吃到肉。连队有规定，为了保证训练质量，让战士们一个礼拜吃一次白面馒头，算是一次伙食改善吧。

与战友在天安门广场合影
1975 年

在部队生活初期，我初步展露了自己的一些能力，尤其是工作协调方面的能力。班长和指导员多次表扬过我，说：王书祥年龄不大，新兵刚刚入伍，但是协调能力强，群众基础好，说话得体大方，办事也稳重，是个值得培养的好苗子。

前边说过，我平日里话不多，但实干精神很强。到部队以后，农民后代朴实、倔强的精神一直伴随着我，激发我在部队上形成了集体荣誉感。在新兵连当兵的时候，我就老是有争当第一的想法：干活要踏踏实实，答应的就要做到，做不到的轻易不能口头承诺，一旦看准了，就要准备开干，干起来不能落在别人后面。大家都是普通人，别人能做到的，我一定也要做到。一次干不好，不能气馁，要坚持干下去，总能干出点成绩来。比如说，部队号召大家结合自身实际情况，学习雷锋，乐于帮助他人。我琢磨了一下，感觉自己在这方面还是可以做出点成绩的。于是，在仔细思考之后，我决定利用训练和工作之外的业余时间去淘厕所。

部队里的厕所都建在露天场所，化粪池有一人多深，夏天里臭气扑鼻，滋生出大量的蚊蝇，冬天里则成坨地板结在一起，很难对付。我决定淘厕所以后，就自备了两个粪桶，放在厕所的围墙背后。一有空闲时间，我就赶紧跑过去，把粪桶拎起来，弯腰去淘粪。淘出来的粪尿装在大桶里，一路上晃荡着。我拎着两个满满的桶，要一口气走过训练场。因为怕粪水洒到训练场上，走路要快、平、稳，中间还不能停下来歇息。等把这两桶有机肥运到营房背面的菜地，才能休息片刻。我淘出来的粪都是用来浇菜的，先汇集在菜地旁边的空地上，发酵一段时间，然后就可以上到菜地了。

淘厕所这件事，我一直坚持了很久，期间多次得到连队的通报表扬，虽然只是口头嘉奖，但自己已经很满足了。淘厕所不是什么惊天动地的事，贵在能吃苦和坚持不懈。

冬天的平谷郊区，滴水成冰，天寒地冻，淘厕所的时候就要用铁锹打开冰面，粪水溅到脸上、手背上那是不可避免的事儿。天气越冷，穿得越厚实，再加上两个大木桶和满满两桶粪尿的压力，额头很快就冒汗了。这时候棉裤腿就会黏得你十分难受，每走一步都像涉过沼泽滩一样。

春天和夏天也舒服不到哪儿去。一般到每年农历的三月初，平谷的天气就暖和起来。挑粪的路上，就能看到草芽、绿色的蒿子秆、越冬后刚刚苏醒的蒲公英，还能遇到早起晨练的部队战士、家属院里出来遛弯的大爷大妈。几趟下来，汗水打湿了领口和袜子，脚底下开始湿黏，我能明显感觉到脚指头不听话了，在解放牌胶鞋里不停地打滑。脱了衣服容易受凉，穿着衣服热气蒸腾，热得满脸通红，跟油锅里的小虾米一样。

淘厕所的人，身上是臭的、手上是臭的。久而久之，那种臭味似乎要渗到皮肤里边，怎么清洗都无济于事。去食堂吃饭的时候，别人一闻到这股味道就皱眉头，有的人还会到处找这臭味的来源，然后直接瞪你一眼，气哼哼地走掉。那种路边大妈投来的眼神，那种来自战友的误会，都会让人很崩溃。请问，在这种情况下，我还要坚持吗？是的，要坚持下去。

学雷锋，做好事，成为一个“高尚的人，纯粹的人，脱离了低级趣味的人”，是一种经历，更是一种内在的修炼。帮助他人，乐于助人，往往意味着自找苦吃：苦的是自己，甜的是他人。你想的也许只是单纯的助人，而围观的人却觉得你别有所用心。正因为这样，在部队上追求进步的战士，或者在生活中乐于助人的好心人，经常得到的可不是掌声，而是冷眼旁观和质疑，还有那种带着“有色眼镜”看世界的人投向你的蔑视和嘲讽。所以说，吃点苦人人都能做到，但若要以苦为乐、甘于吃苦，那就需要精神力量的参与了。同样的道理，对于一个立志锤炼吃苦精神的人来说，如果不能提升到持之以恒的层面，这份“苦”是很难吃下去的。

下基层之初，我是一名通信兵，除了基本训练外，每天都要出去布线、爬线杆，还要接电线、抢修电话线路。靠着吃苦精神，也靠着一个农民子弟特有的憨厚质朴、满腔热情，我兢兢业业地干到 1976 年的 8 月。

8 月的时候，部队有人事调动，要在基层连队进行选调，组织上决定把我选调到管理科招待食堂，当给养员。选调前，班长杨振超找我做例行谈话。对于班长来说，这可能只是一个例行程序，但对我来说却是十分新鲜的经历。班长把我叫到室外，一边散步一边跟我聊天。我们来到训练场的一角时，他十分诚恳地对我说：

“书祥同志，组织上已经找我谈过话了，现决定把你调到机关。你这两天做好准备。你在班里跟了我一年半时间，对我有什么意见和想法，就谈一下吧。”

我看到班长言辞那么恳切，态度那么友好，不由得激动起来，便说道：“班长，我没什么意见。跟着班长干下去，是我的心愿。组织上要把我调走的话，我也服从分配和调动。这么长时间，班长的照顾我都在心里牢牢记着呢。我不太会说话，不过对班长的培养，我真是感激不尽，真的，我确实没什么意见，让我去哪里干，我都不会忘了咱们的通信班。”

班长拍拍我的肩膀，抬头看着远处被太阳晒得发白的空地，沉默了一阵子，没有再说什么。回去的路上，我们走得很快。快到营房附近了，班长才示意我停下脚步，说：“临走之前，也不能留你喝顿酒啥的。这里不比咱老家那地方，不允许喝酒。中午吃饭给你加个菜，增加点营养，多少算是表示一下。现在还没有到吃饭的时间，要不你看，咱们一起去宿舍跟食堂后边转一圈？”

我说：“中。那就跟班长一路走走，去转一圈。”

我们推开宿舍那扇小门的时候，班长像是对着里边的高低床，又像是对着我，自言自语地说：“天气还真好！热得不行。这床铺都晒得烫手啦。你来北京的时间也不短了，还能适应吗？”

我说：“能适应。这里的天气跟咱老家差不多。就是风沙大一点。”

班长点点头，对我说：“行。那你以后就要更加努力了。还有，去了机关以后好好干，不能给咱家乡人丢脸，更不要辜负部队领导的期望。”

隔天的时候，排长赵福祥也找我谈话，意思是让我到机关里工作后要好好干。排长跟班长一样，都流露出不舍的神情，说：“既然组织上看中你，就有组织的考虑。虽然说咱们在一起相处得这么好，都不舍得让你走，但是也没办法。既然组织已经决定了，那你就走吧，去管理科报道。还是那句老话，不论到哪里，只管埋头苦干，不要东张西望，老老实实做人，认认真真做事，不要丢了咱们的老本行，这就对了。”

面对排长的贴心交代，我只能一个劲儿地点头，感动得不行。

就这样，我到了管理科，走上了新的工作岗位。

管理科的军事支部指导员周凤岐对我非常重视。他是河北廊坊人，对我印象很好，常常找我谈话，做思想交流。我能对党组织的生活有一点深入的理解，对部队干群关系有一点了解，都是在他的指点和帮助下获得的。1977 年的入党动员会上，指导员把我和其他预备党员组织到一起进行集体谈话，让我们填写入党申请书。随后，在全体党员大会上表决通过了我的入党申请。我对着国旗和党章宣读了入党誓词：

“我志愿加入中国共产党，拥护党的纲领，遵守党的章程，履行党员义务，执行党的决定，严守党的纪律，保守党的秘密，对党忠诚，积极工作，为共产主义奋斗终身，随时准备为党和人民牺牲一切，永不叛党。”

时至今日，我还能清楚地记得那一字一句、掷地有声的誓言。

我们真的应该时常温习入党誓词，不是为了别的，而是要让自己再一次地身临其境，仿佛再次回到刚入党的历史时刻，从思想上入党，从组织上入党，也从内心里入党。温故而知新，可以为师矣！回想入党的神圣场景，也可以时常做到自己教育自己，自己完善自己。让内在的自我融入那种场面里，你就不可能忘记自己的身份，事事增强党性观念，时时积极为党工作。这也是自我警醒、端正入党动机的一种需要：牢记党员的身份和职责，在各个岗位上充分发挥先锋模范作用。通过自觉地重温入党誓词，还可以增强党员的党性观念，增强党员的历史使命感和社会责任感，激励每一位党员以党章规范自己的言行，立足奉献，履行党员义务，做一名称职的、合格的、无愧于党员称号、无愧于入党誓词的共产党员。

当年，那位引领着我走进会场的指导员是这样说的："从战争年代到和平时期，无数的优秀共产党员都用乐于奉献、勇于牺牲、无比忠诚于党和人民的实际行动践行了自己的入党誓词，展示了共产党员终生恪守入党誓词的人生真谛。所以，一个真正的共产党员，一定要保持奋斗不息的精神，坚定自己的理想信念，忠实践行自己的入党誓词。"

回想这一切，重温这一切，是因为我始终相信：绝大多数同志入党时的誓言是由衷的、真诚的，也决意要践行自己的入党誓言。我们的党，我们伟大的国家，在民族复兴道路上历经磨难而又不断蓬勃发展的事实，就是最好的证明。

入党，这不仅是向组织的靠拢，也是自我人生的、生命的巨大升华。莫问西东，莫问始终，更不要在这份热情的神圣面前吝惜你的投入。越是投入地走向组织，越是能够摆脱"小我"，升华成一个大写的"我"。当你投入到这样的组织和生活中，投入全部的时间和精力，你最终会发现：你不是孤身战斗，你身边有许许多多的伙伴、战友，都在为了一个共同的梦想而奋斗着——为共产主义而奋斗，终将无怨无悔。

在这样一个伟大的集体熔炉里，一个人将成为"社会人"，而不是"自然人"。这样的人，才是肩负着使命的人，才应当有充分的理由去生活，而且是"要赶紧地、充分地去生活"（保尔·柯察金的名言），争分夺秒地走上前去，“因为意外的疾病和悲惨的事故随时都可能结束这光明的一切”。

在《钢铁是怎样炼成的》这本文学名著里，共产主义的好战士保尔·柯察金曾经这样评述入党宣誓的经历：“共同的事业，共同的斗争，可以使人们产生忍受一切的力量！人的一生可能燃烧，也可能腐朽，我不能腐朽，我愿意燃烧起来！”

只有这样热情的燃烧，才能塑造出我们那一代人改天换地的宏伟格局。

也只有这样热烈的底色，才能渲染和勾画出生命的意义：

“人，最宝贵的是生命，生命对于每个人都只有一次。人的一生应当这样度过：当回忆往事的时候，不因虚度年华而悔恨，也不因碌碌无为而羞愧，当临死的时候，他能够说，我的整个生命和全部精力，都已经献给世界上最壮丽的事业——为共产主义而奋斗！”

北京军区后勤部干部训练大队合影　1978年

亲爱的战友们

我曾经对人说过，我的生活轨迹很简单，是四条路拼出来的：一条是农村生活的路，一条是军旅生活的路，还有就是转业到地方的路和现在退休在家、安度晚年的路。

四条路，起起伏伏，有时分隔，有时交叉，但都毫无例外地负载着我对生活的理解和对中原故乡不断深化的思考。一直前行的路有时会暂时地停顿一下，好比是一列远行的列车“咯噔”一声停靠在某个岔口，但我们对生活的沉思却永远不会中断。

当你努力地完成了生活的最后一块拼图，你会突然发现：拼图需要不断的思考，这思考的方向，这思考的本身，后来也成为我们日常生活的一个组成部分。一直前行的大潮推动每一个人起起伏伏，前方的风景日益壮观，然而陪着我们走下去的动力再也不是自己，而是那些“掉队”的老朋友。是的，有时候，你走着走着走不动了，不是因为你没有力气，而是路上没有了那么多昔日“朋友”的陪伴。在一个热火朝天的大集体中生活过的人，以及曾在红红火火的生活中不甘寂寞的人们，必然都能理解我要说的这种遗憾。日益稀少的朋友，不断“掉队”的朋友，正是我们回顾历史的疼痛与反思。当下有多少路可走是无关紧要的，没有朋友的路，风景一片荒芜。不管是什么样的朋友，哪怕是损友和不靠谱的朋友，也都是人生路上的“伴当”。老家有句话，男有伴当，女有家当。生活有伴当，工作有担当，生活有分享，这样的人生方才完整。积财不如积友。前行无友，则回头无门。我对我的朋友们最想说的一句话就是：有时间了，不如多聚一聚。一起聊聊天，一起吃个饭，比考虑怎样多挣钱更重要。可惜这些平常话，已经有朋友听不到了。这也许就是生命赋予我们的“舍”与“得”吧。

我的第一条生活之路，就是农村生活的路。说概括一点，就是：孤身无友，形影相吊。生活中的每一天，都自觉平淡，也异常艰辛。这条心路很不平坦，总体来说，也许就是因为农村生活的特殊封闭性引发了思想的苦闷。我记得，从开始懂事的时候就要考虑各种各样的问题，既要减轻父母的负担，又要思谋着照顾一大群弟弟、妹妹，操心太多，无暇养成自己的观念和性格。青少年时期在农村度过的十几年里，我的思想棱角只能隐藏在木讷的外表下，跟刚刚萌芽的小豆苗一样，几乎要被严峻的生活削平了、镇压了，反过来说，也迫使一个满腔热情的后生成为一个“无思想”和“无性格”的早熟的农民。

后来到部队生活，才有了我的第二条生活道路：军旅生涯。自从成为一名军人，那个住在“小豆苗”体内的生命才有机会慢慢恢复生机，在大集体里塑造出个人特有的性格和才情。生活中可以接触的环境变得越来越开阔，思想随之变得活泼和生动起来。我知道主动学习了，知道争荣誉、争先进的重要性，开始像一个真正的男人一样挺胸抬头，面对生活。从被动地接受任务、完成任务，到自觉主动地跟人打交道、开口说话、与人交际，到能够独立地办成一些事情。这时候，我才发现自己是很善于和人交流的。办起事来变得果断、勇敢，是带着一往无前的决心和朝气蓬勃的热情去完成任务的。战友们喜欢我，领导信任我，评价我“说话谦虚谨慎，做事戒骄戒躁，脾气好，行动快，执行命令很坚决”。

被战友们认可，被部队领导认可，从一个只会打坷垃、吃红薯疙瘩的“泥娃娃”成长为集体熔炉里的“同志”，这是我在农村生活时绝对不敢想的。饮水思源，不能忘本，所以从这个角度来说，我对部队生活充满感恩之情。在部队上，我曾参与过战备施工、战备机动、战备供应等光荣任务，担任过工厂重要目标的警卫，执行过通信修护、野外巡逻、组织拉练等艰苦任务。1991 年转业到地方工作之前，我在部队战斗生活了 20 个春秋，虽然没有参战过，但也经历了多次紧急战备状态，从所在单位抽调充实到部队第一线，经受过日常艰苦生活环境和部队实战训练的严格考验，风里雨里，摸爬滚打好多年。

难忘的军旅生活让我进一步地坚定革命信念，为日后的奋力前行奠定了牢固的思想基础。在多年的军旅生涯中，我与战友们朝夕相处，彼此之间建立了生死与共的深厚情谊，令我终生难忘。作为军人，我一直为人生中能有这段历史而倍感自豪。在部队的环境里，我们一起战斗，一起建设，把青春年华奉献给祖国，奉献给人民，奉献给伟大祖国的国防建设事业！如今在人生的暮年不断回味，越发感到那段激情燃烧的岁月很有意义。多年来，我精心保留了一些和家人、和战友有关的老照片，有的人我能清晰地记得名字和关于他的故事，有的人却只能想起当时拍照的背景了。在整理和抚摸这些照片的时候，我仍难掩一份不舍的情愫和怀有一份崇高的敬意！

有一张很有年代感的老照片，是我和父亲的合影，拍摄时间是 1977 年。当时的父亲看起来还不显老，只是体形有点消瘦。老父亲到部队上看望我，临走前在天安门前合影留念。天安门是北京的象征，也是新中国的重要象征。老家的人来到北京，总是要在天安门

与老父亲在天安门广场合影
1977 年

前合影，这几乎是从新中国成立后一直留存到现在的习惯。记得那时的二环周边还保留着农民耕种的庄稼地，种了很多大白菜。

那时部队要担负军事训练、政治学习和农业生产三大任务。在炮六师，不管是负责后勤和财务的管理员，还是吃苦耐劳的战士，我们都会和部队首长打成一片，训练的时候同吃同住，接到任务的时候一起上岗。这种官兵平等的快乐生活，培养起炮六师全体指战员亲如兄弟的战友情谊。这种言传身教的优良传统，和风清气正的干群关系，让今天的我们想起很多，感慨万千。也许，这就是我们炮六师的战友不忘初心的体现吧。

有人问：战友之间有爱吗？我想反问：战友之间，真的不需要爱吗？战士之间的友爱和情谊，一定是超越亲情和友情的一种情感升华。士兵之爱，战友情谊，不是那种无原则的爱，更不是所谓的“博爱”。

为什么这么说呢？如果发现自己的战友犯错了，我们首先应该追究他是否违反了部队制度，是否损害了所在团队的整体利益。如果是，我们就该严厉地狠狠地批评他，给予应有的惩治；如果不是，他应该被我们所有人组成的集体宽容和善待。严厉的措施、温情的措施互相结合，才是造就团队战斗力的“感情因素”。部队是熔炉，而从来都不是冰窟。所以，在我们的部队里，战友情谊，同乡情谊，是互相兼容的，是友爱而善良的，是温暖感人的。

在不损害部队整体利益的前提下，在不违反制度规定的前提下，我们所有的战士都应学会爱，用爱来抚慰一颗颗年轻的心灵。

战友之爱，是有原则的，充满刚性的爱，也是真正的大爱。

就拿部队上的同乡关系和同乡战友的相处之道来说吧。情谊和制度并不是矛盾的、不可调和的。当然，部队强调的是五湖四海，要克服战友之间的老乡观念。但故乡情感都是在乡音之间一点一点滋养出来的，平常的交往自然会密切一些，更容易产生认同。背井离乡当兵，乡音一下子拉近了同乡战友之间的距离。但凡有机会，部队上的老乡们都会扎堆聊天，聊一聊家乡的种种。

除此之外，说到战友情、家乡情，那都是分不开的两股绳，截然分开会让人觉得有些奇怪。现在，部队上的老战友聚会，首选的就是同乡战友的聚会。为什么呢？老乡这种感情是很奇怪的，在一起的时候感觉不过如此，一旦分开久了，思念之情挡也挡不住。尤其随着年岁的沧桑，同乡的挂怀变得十分凝重和可贵。人生无常，身在异乡为异客，都加重了他乡相逢的跌宕和戏剧性。当年离开家乡的毛头小伙子，转眼间再看已经是黑发稀疏、鬓角微染的中老年人，当年那么健壮的“兵哥哥”早已是垂垂老矣。再次相聚的时候，抿一口酒，畅聊一通，就够了。曾经的辉煌不用再提，过去的艰难也都成过眼云烟。最后的最后，能留存在心底和岁月深处的，还不都是当年部队上那些天南地北的战友以及与同乡在一起的鸡毛蒜皮吗？

战友，这个群体没有故乡的掺杂是注定不可能完整的。趁着精力还算可以，腿脚还能走动，聚一下也好，回忆回忆往事，谈谈家乡的发展变化，谈谈各自的家长里短，注定是别有一番滋味。找点空闲，和战友们相聚，永远都不晚……

现在，拍照是件很容易的事，相机拍、手机拍，互拍、自拍，发微信、发微博，照片满天飞，拍照成了当下人们最普及的娱乐方式。但是，在我们年轻的时候，因为条件的限制，拍照片却是一件很奢侈的事情。

往事历历，如在眼前，脑子里的故事跟放电影一样，一幕又一幕，有很多很多的细节，但留下来的影像资料和照片实在有限，不能一一表述。

战友合影　1978 年

我参军到部队的时候，还处在“文革”中期，很多场景都带着那个时代的烙印。比如拍照片的费用，很多时候我们是负担不起的。到部队上的第一年，每个月津贴费只有 6 块钱。照一次相，包括跟战友出去一起吃饭，差不多都要花掉一块钱。照一次相，不得不说是一次高消费。

以前，认真拍下的照片实在很少，每一张照片都是我们友谊长青的精神寄托。随着时间的流逝，留下来的照片就更少了。清理老照片时，翻出来的都是一些泛黄的照片，磨损得很厉害，看着这些老照片，我觉得每张都是那么亲切，都是那么珍贵。

这些照片，要说老，其实也不老，照片上的人和事我都记得很清楚；要说不老，也的确是老了，毕竟翻过的是四五十年的风风雨雨、大半辈子的时光。亲爱的战友们，就让老照片承载着我们怀念的岁月，成为我们激情燃烧的证明吧！

温暖的小家

1979 年 6 月，我结婚了，拥有了一个属于自己的温暖小家庭。我的爱人孙士英是一位人民教师。她是北京本地人，父亲是军人，所以她在部队里出生，在部队里长大，对军人有深入的、多方面的接触和了解。

有一张弥足珍贵的照片，是我们婚前她的留影，在我们有了较多来往的时候送给我留作纪念的。照片上的她，把青春的身影定格在 1978 年的王府井。

限于时代和环境的特殊性，我们婚前交往并不多，互相之间都觉得羞涩，不好意思主动提出见面，要么是写封信、打电话，要么是托人捎个小礼物，间接地表达自己的一腔热情。如火如荼的感情深深地埋在心里，装作满不在乎，甚至在部队大院里迎面遇到也是淡淡地点一点头，基本上不怎么说话和交流，这算得上我们那一代人特有的“酷”。

那时候，我常常发呆，对着迷茫的旷野和营部操练场上空招摇飘舞的红旗，感觉要飞起来，飞起来了。甚至止不住地想到一点：假如我自己是一个待字闺中的北京姑娘，对面走来我这样一个土头土脑的年轻汉子，个头不高，长相一般，瘦得跟麻秆一样，还是从遥远的中原农村来的，我会不会嫁给他？家里父母是面朝黄土背朝天的农民，兄弟姐妹一大堆，没住房，经济负担那么重，生活条件那么糟糕，就差脑门上贴一个“穷”字，就基本概括完了这个男人的全部特征。我凭什么会嫁给他呢？你是大学生吗？你是聪明人吗？你会写诗、画画、唱歌吗？不是，也不会。看起来，这个男人除了憨厚老实再也没有什么长处了。对此，我是心知肚明的，也感到有点泄气。我的自卑感不是没有理由的，而让这么一个好姑娘心甘情愿地嫁给我则是毫无道理的。既然如此，我还不如实话实说，把自己的情况一五一十地讲清楚，免得将来她心里有疙瘩。

那时候我们每次见面都是比较正式的，要由媒人或家长带着，然后让我们谈上一阵子话，聊聊天，就要掐着时间点回去。记得有一次，对，是我们第一次见面吧，我把自己家里的贫困和家乡的情况做了详细的描述，说：“从小到大，我基本算是没吃饱过。这就是在老家过的日子。家里很穷，姊妹兄弟们也多，我是家里的老大，有了吃的，总会先让给他们，照顾好他们，绝不会跟他们抢着吃的。所以，说个不怕你笑话的事儿，我总是感到饿。有一年过春节的时候，家里没有钱买肉，只杀了一只鸡。我妈说，这是招待亲戚用的，不准我们几个吃，让我们吃点萝卜疙瘩垫肚子。我爹说，年下吃饭的时候，都不准出去，就蹲在家里吃！别让人家看见了。”

她困惑地问道：“为什么不能出去吃呢？”

我挠了挠头，十分费劲地解释说：“过年了，都讲究吃点好的。可是，咱家的菜里头没肉，怕邻居知道了笑话咱家！”

她脸红了一下，说：“你说咱们家吗？”

我说：“对不起，是我说错了。是我们家。”

她默默地看我一眼，说：“不要紧的。你说得很好啊。”

我的心剧烈地跳动起来。既然说了，干脆把该告诉她的都讲一遍吧。我说：“小时候，我在家里放过羊，放过牛，捡过粪，打过坷垃，种过庄稼，烧过砖瓦窑，还出去拉过煤，拉过石头。自己一个人拉了一千多斤石头，步行十几公里，送到收石头的中原油田建设基地，累得要瘫痪了。跟你说实话，我这人不怕累，不怕吃苦，就怕饿。真的是饿怕了。来到部队上，能吃饱，我感到很满足。这里还有很多战友和领导，认可我做的一切，这更让我感到高兴。我这人没上过多少学，没有什么高深的理论，说话跟办事都这么简单直接。说得不对的地方，还请你多多指教。”

回去后，这次谈话让我想了很久，觉得十分忐忑。把家里的丑处、穷困潦倒的样子说得那么清楚好吗？我也不知道。老老实实是对的，但又怕因为老实而把这事给搅黄了。不过，我早已经发现，她在听我讲话的时候，一直很专注，而当我讲到中原老家那种贫困辛酸的情景，她的眼圈好像红红的，几乎要哭出来。这说明什么呢？这说明她是多好的一个人啊，多么有同情心，多么能深刻地理解那种可怕的、挥之不去的贫困。

这种猜想，后来都被一一印证了。

婚后，她特别能够体谅人，特别能够照顾人。每当我在部队上执行任务，要远离家人的时候，一想到家里还有一位贤内助，就会觉得踏实、安心。从相识、相知到成家，我们没有红过脸、吵过架，更别说其他矛盾。这里边有一个重要的原因就是：她的文化素质比我高，也见识过足够大的世界，她不仅善良贤淑，还展示出宽广的心胸，为人的格局和眼光超过了很多男同胞。有很多事，我没想到的，她都能看透，帮助我少犯错，多成事。作为知识女性，她还能够约束我的行为，提醒我不太注意的地方，并且用温文尔雅的方式化解我们生活和工作中的问题。同时，作为北京土著，她熟悉和了解这座城市的脾性，对历史典故、风俗人情驾轻就熟，帮着我很快融入新生活和新环境中。毫不夸张地说，在结婚以前，我还只是个孩子，尽管有冲劲、有干劲，却不知道劲往哪里使。我们结婚后，我的生活才算走上正轨，有了伴侣，有了确切的规划，不再孤身一人盲目摸索了。

对于部队，我感恩。对于生活，我感动。对于爱人和家庭，我感谢。温暖的家庭，其源头是温暖的女性。温和，温情，暖心，暖人。这种前所未有的家庭气氛，弥漫在我们相处的每一个细节，让我感到安心、快乐。成了家，有了家，让我20多年奔波劳累的生活有了归属感，像漂泊的小舟一样驶向一个温暖的港湾。

每次回到部队家属院的小屋里，看到煤火炉子在冒着点点蓝烟，炉子上的开水壶嗞嗞冒着气，我就会顺手拿下来，拧开屋檐下放着的一排暖水瓶的瓶塞，把开水灌进去。爱人从屋子里走出来，手里拿着一本书，或者一个打毛衣的毛线团，埋怨我没有关火，让蜂窝煤白白地烧着。我总是会用微微一笑作为回答。鼻孔里嗅闻着煤火的烟熏味，屋檐下像小型导弹一样整整齐齐排列的暖水瓶，餐桌上的两碗米粥和一碟咸菜，窗台上摆放的几盆绿植，一只从院外溜到院子里觅食的流浪猫，这一切都让我想到美好的字眼：生活！狭小、拥挤，但又井井有条地展示着奔腾向前的活力，这就是生活该有的样子。而这一切美好的来源，正是将要陪伴终生的爱人。生活，来自和爱人的无数次碰撞。碰撞过后，留下了琐碎的事物，写出了平凡的故事，当然也会引导我们走向美好和幸福。这平庸而伟大的进行曲，从此以后每时每刻都会上演。身处其中的人，乐此不疲地享受着。旁观生活的人，将无缘见识到这裹在琐碎中的幸福、孕育在平凡中的风景。

婚后，我学会了给孩子洗衣服、洗尿布，拖地。闲暇之余，拎着一个盆子，带几件要洗的小衣服，在水槽旁边坐下来，搓一搓，洗一洗，涮一涮，看起来无趣，但是真的会上瘾。影集里还有一张我正在忙着给孩子洗衣服的照片呢。当时，孩子刚刚出生，家里忙得不可开交，我就主动提出，以后部队上不忙的时候，我来洗孩子的衣服。洗小孩的衣服和尿布，除了肥皂外，还另外需要一把刷子，方便你快速处理沾在上边的“小物件”。至于那是什么，你懂的话，就不用说出来。我是个特别容易满足的人。洗洗衣服，替爱人分担一点家务，我能在这一类小事里找到特有的乐趣。我把这个研究成果“发表”给妻子听，她抿嘴一笑，打了我一下，说：“这个就不要跟人说了，这是生活常识好不好?”我呵呵一笑，表示没搞懂：“我觉得这是我个人的发明专利。以后还可以拿到中科院去申请科研经费呢。”她说：“那你去申请吧，看那些科学院的老头会不会把你打出去。”

1981 年，孩子出生了，起名叫王钰，名字的寓意为“王家宝玉”。得知孩子出生的消息，我的母亲从遥远的老家一路奔波到了北京，要看一眼孙女。在部队大院的几天里，她为自己的小孙女洗洗涮涮，没少忙活。可是她总觉得住不惯，也没个人说话。我在部队上太忙，一天待在家里的时间没几个钟头，抽不出时间陪她。她想跟邻居说说话吧，也不行——部队大院的家属都说普通话。就跟我刚到部队时的情形一样，她的“河南普通话”讲出来大家都听不懂，没办法交流。过了六七天时间，她找到我要说点事。我能看出来，母亲显得很落寞。

她告诉我说：“祥啊，这几天我想了想，觉得该回家了。在这里看看孙女的确好，心里美气得很。咱这女娃儿长得人才，看着就高兴。可是没有人跟我说话，屋子里就那点活儿，干完了就没事，闲坐着。闲坐着总不是个事儿，总归不好。人不该闲着啊，你说是不是？忙惯了，闲不住。你说去邻居家串门吧，也不方便，人家都有事呢。我看，还是让我回家，回老家里住，看着咱那穷家破院，看着地里的庄稼，心里踏实。”

我说：“你急啥哩？别着急啊。你再多住几天嘛，等能够抽出时间，我好好陪你逛一下北京的几个景点，颐和园、故宫、香山、八达岭、琉璃厂什么的，可以逛的地方多得很。”

她摇了摇头，意思是不情愿出去玩。

我说：“咋会不想去呢？这都是好地方，买个门票的事儿嘛。”

母亲瞪了下眼睛，吃惊地说：“这娃，你看看，啥时候学会破费了。再说，去看景儿都得买门票吗？我还不知道呢。看几个钟头费好几块钱。你花那钱干啥？你说的这些个景区里尽是砖头瓦块、树苗、土疙瘩，能有什么好看？咱把买门票、坐车的钱给攒下来，存到银行里，存得多了，买几只羊，放到部队院里养着，让它们自己吃草，多好啊。部队院里的围墙那么高，你连管都不用管，羊自个儿就长大了。等到羊长大了，把羊一卖，还是钱。你得这样安排才叫过日子，懂不懂？安排好了，你就能盖个房子，隔三岔五地给娃买几斤肉吃，多好！再给媳妇拾掇几件好衣服，都高兴。就得这样安排，不敢大手大脚，能不花钱就不花，你说是不是这个理儿？”

我心里叹了口气，只能连连点头，表示赞同。

看到把我说服了，母亲高兴得笑起来，说：“好几天都没有把咱老家这河南话好好说一说，我还真怕忘了咋个说法。今儿个跟你说道说道，可算是不闷了。这样啊，你给我买个票，我明天就回家啦。”

我说：“明天就回？早了点儿啊。”

母亲说：“哎呀，憨娃，地里的庄稼可不等人。你让我在这儿多住几天，地里就多荒废几天。你爹一个人在家，不知道操心，还不知道啥样呢。”

儿行千里母担忧。我的母亲就是这样。虽然她没什么文化，话也不多，可是满满地都装着挂念和担忧。这一辈子，她担忧得太多，享受得太少。有些事儿，我们觉得是乐子，她觉得是浪费。还有些事儿，我们觉得很无趣，她觉得其乐无穷。不知不觉间，我们母子间竟然有了所谓的代沟。这次来京的旅程，是母亲为数不多的出门经历。看得出来，出门旅游这件事，没有让她开心起来，反而更挂念老家的一草一木。这，就是我的母亲——时时刻刻，把“老家”放在心头，把“自我”排在最后。她的心，放了很多很多东西，以至于失去慰藉自己的乐土。

就这样，好说歹说也劝不住，我就去安排送她回家。临走之前，我们娘儿俩在天安门前照了一张相片。相片上的母亲很是瘦小，定定地望着前方，好像能看到她回家后的模样。啊，我的中原，日思夜想的故乡，好像一服安慰身心的良药，治愈了让我们往复徘徊的忧愁。曙光在前，旅程无期。每当翻看到这张照片，总觉得有些心疼，是心疼母亲逝去的年华，还是心疼她默默无闻、劳作奉献的一生，我早已弄不清楚。

我祈祷我的母亲，当您看到这张多年前的旧照片，还能依稀想起那个倔强、内向、沉默寡言的儿子；假如能够让您健康、满足、微笑，就像第一次来北京的那些日子，那做儿女的一定是前世修足了福分。母亲的心里装着儿女，用那平淡无奇的甚至是土气的教导传递着伟大的母爱。是的，当我们长大，母亲不是用乳汁而是用絮叨，不是用华丽的辞藻而是用朴素的语言，不是用优雅的言行举止而是用土气的、忘也忘不掉的、粗粝的生活真相再次教育我们，终生眷顾着我们。真爱如她，早已不屑于语言“教育”，只会用最简单的东西“哺育”我们。而人世间最简单的东西，却拥有最伟大的力量，那就是母爱。

母亲，妻子，女儿，她们之间形成了一个多么神奇的爱的循环。身份在变，感知在变，唯一不变的是她们播散到我生活中每一个角落的温暖。

我，和像我一样粗糙无知的男子，也许从来都没想过：这神奇的、不可思议的爱之循环，就是我们日常普普通通的家庭。“幸福的家庭都是相似的”，这种自我复制、自我遗传的相似性，难道不就是来自家庭的温暖吗？人生苦短，有了家的温暖，人生不再辛苦，也不再短暂——无数的家，汇集成一个巨大的家，是为“故乡”——在故乡的光辉和感召下，我们每一个人终将汇入生命的大海，像微不足道的一滴海水，像璀璨明亮的一颗珍珠，奉献自己微弱的力量，点亮了暗淡无光的生活。

探亲假

在部队，每年都有探亲假。战友们回家探亲的故事，我不知听过多少个。老兵们在讲，新兵们在听。部队上当干部的人讲过，普通士兵也会津津乐道地摆上一回龙门阵。战友们的探亲故事，有的令人无限惊愕，有的甚是荒唐，有的故事让人津津乐道，有的故事却无色无味、枯燥至极。在这里，我想讲一讲自己的探亲故事。我的这个探亲故事，有点酸痛。

其实，严格说来，它甚至还不能算是故事。

1977 年 12 月，是我到北京后第一次回家探亲。这年我 23 岁，在管理科招待食堂干了一年多后，入了党，调动到会计工作岗位，不再做给养员。回头看时，已经离家三年了。因为实在想家，我给组织递交了回家探亲的申请，获得批准。招待食堂的一位战友用摩托车把我驮到平谷，我在平谷乘坐公交车，抵达东直门一带的长途汽车站，之后又换乘火车回老家。

我乘坐的是京九铁路上的一趟车。那时的火车，还是中国大地上普通人出远门非常重要的交通工具。

座位的四周全是人，车厢里没有安静的时候。即便是夜间，车上也不宁静。每当蒙蒙眬眬要睡着的时候，就有人打断一下，要借路过去接开水、吃饭、抽烟、取行李、放行李。到了下一站，一拨人离开，另一拨人上来，重新开始闹腾，跟吃了兴奋剂一样。从北京到河北石家庄，再从石家庄到郑州，终于踏上河南的土地。火车一路疾驰，咣当作响。车过黄河的时候，天麻麻亮。我已经被满车厢鼎沸的人声和精力无穷的吵闹搞得头昏脑涨、晕晕乎乎了。当人们拥挤到车窗前，争着去观赏宽阔平缓的黄河水面和漫无边际的河滩，还有岸边丛生而拥挤的枯黄水草时，我睁开眼睛，潦草地瞥了一眼，因为犯困又再次睡着了。奇怪的是，车厢里居然安静了下来，许许多多出门在外的河南人，看到生养自己的黄河时，都成了沉默的孩子，像进入了深沉的睡眠一样。这次，我终于逮到机会，好好地眯了一觉。

火车在郑州停靠了很久。好多老乡下了车，背着行李，拖家带口，前呼后拥，逃荒似的走掉了。我被长长鸣叫的汽笛惊醒过来，找到自己的军帽，不由自主被这格外的宁静吸引到门口。站在车厢门口回头一望，忽然发现京九铁路的奇特性：只要过了郑州，车上就空了许多。这片土地上，得有多少流动的人口，才能造成如此巨大的集散量？河南，河南，中原故地，直把每一节车厢变成人潮来去的集装箱。这片土地没有海，却有人潮的浪花漫灌着每一寸土地。这片土地没有洋，却有人潮的涌动装点着土地和天空之间看不到头、引人无限遐想的起伏。我没有像前一阵那样，躲避人群。这里的人都是熟悉的口音。每一个带着乡音的词，我都能听懂，也可以理解。然而我莫名地有些茫然了。我无意识间走到车厢衔接的角落，车厢里空落落的，满是刺鼻的油烟味、汗味，还回荡着车厢里满员的时候人们嗡嗡说话的味道。这些味道混合在一起，让我感觉到“家”的存在，浑身一热。也能感觉到一点点凄凉，因为我守候的这节车厢像候鸟们集体遗弃的鸟巢一样，彻底空了。只有锅炉房的吱吱声响在不远处。眼前的郑州火车站广场，人山人海，乌泱乌泱的人群像喷出地面的褐色石油一般，把偌大的广场冲击得晃动起来。无论什么事物，只要它足够多、足够大，就总是会让人震撼。火车再次出发，逐渐离开喧闹的月台。不断得到扩建和续建的郑州火车站，是传说中亚洲最大的火车站，代表着这座新兴城市涌动不息的活力，代表着中原人充满希望的未来。列车停靠，列车出发，在透窗迎面而来的阳光里来来回回地穿梭出入。这超级车站伟岸而洒脱地矗立在蓝天下，被无数来往的旅客严肃地注视过。

此情此景不可忘。耳闻目睹了故乡展现出的潜在

“实力”，让我内心久久不能平静。睡不着觉，也干脆不再睡了。直挺挺地坐着，看着窗外飞速擦过的田野，就这么抵达驻马店。我要在驻马店火车站下车，然后倒换长途汽车到唐河县城，再从县城倒车到老家郭滩镇。

从驻马店火车站出来，紧赶慢赶来到汽车站。重新买票、上车，再次冲进满车厢的聒噪和纷扰当中。这时的心情已经慢慢平静。耳边听到的，全是十分熟悉的乡音，听着听着，连新鲜感也渐渐失去。倒是汽车上有几个上了年纪的人，对我身上的军装感兴趣起来，问我从哪里来，在部队上是干什么的，甚至还问我多大年纪了，有没有结婚等。家长里短，巨细无遗，问得我有点烦躁。

长途车一到唐河县老车站门口的两根铁杠子前就停下，不打算进站，要掉头回去，司机连声地催我们下车。出了车站，突然感觉街道好窄，大路空旷得跟滑冰场一样，路两边灰蒙蒙的建筑跟冷峻的天空咬得紧紧的。这次回家，突然发现县城竟然如此落后，到处都是小平房，连个五层以上的楼房都没有，除了路是往日的柏油路，再也没有好景观了。这样的城市风貌，和北京郊区的农村差不多，甚至还不如某些偏远的农村。家乡啊，家乡啊，你赶紧富强吧，赶超到前边去吧！期望和现实的落差，在一个年轻人心里是会造成很大负担的。从西北方向而来的沉重的冷风，席卷了大街小巷，使得眼前一切黯然失色。房屋矮小而破旧，让人压抑得透不过气。这跟离开家当兵那天第一次见识的那个唐河县城完全是两个观感，老了，旧了，丑了。我像一个蒙圈的外地人一样，手足无措，傻乎乎地站在街头，过了几分钟才回过神来，我要赶路呢。

我振作精神，步行到唐河化肥厂，找到姑父的弟弟李用锁，向他借了一辆自行车。顾不上寒暄，我拿到车子就出发了。蹬上自行车，抓紧往老家方向赶，一路奔向西南的郭滩镇。这是一辆红旗牌自行车，车身锃光瓦亮，骑上去很有面儿，回头率也高。年轻帅气的兵，漂亮的自行车，回家的路，一切都挺美妙。天气虽然有点冷，我的快活劲儿可是藏也藏不住，直到一阵大雨把心里的这团火浇灭。

车子骑到上屯镇常街东边的刘庄，下大雨了，路上的黄胶泥把车轮粘得一层又一层，寸步难移。12 月天黑得早。那会儿是傍晚六七点钟的样子，车子停在泥泞的路上推不动。没办法，我把车子从泥水里拽出来，扛在肩膀上，狼狈地走到路边一户老乡家门口，提出想避避雨，最好是能借宿一夜。看到我身上的军装和帽徽，老乡很热情，说没问题。我要了点热水，喝了几口，来到给我安排的住处躺下。

过了不久，老乡让孩子喊我出去吃饭。我推说没胃口，其实是不想靠着一身军装混饭吃，那样的话就太丢人了。我对进来的孩子说：“你们吃吧，我不饿。”让他们一家人不要管我，自己吃就行。那孩子个头矮矮的，有一双黑亮发光的眼睛，和河南人惯有的拘谨的面孔。这是一双令人印象深刻的眼睛，在烛火映照下，他的眼睛里跳动着好奇的光芒。他怯怯地看着我的一身军服，说：“叔，吃点吧，要不然饿得慌。”我从口袋里掏出几颗糖果，送给他。他接过去，捏在手里，还是那么固执地站着，对着我的军装上下打量。我说：“去吧，你赶紧去吃饭。叔是一个军人，不会说瞎话。叔真的不饿。要是饿的话，我就去吃了，对不对?”孩子点点头，若有所思地走了出去。他拖着瘦小、摇晃的身影走到门外，又回身把门轻轻地掩上，刻意地低着头不看我的表情，然后就跟狸猫一样悄无声息地走开了。

唉，这糟糕的天气，瑟瑟的寒风，还有这故乡里随处可见的心事重重的孩子们，都跟一路上看到的收割后的玉米地一样，让我难以忘记。山水依旧在，只是我的心情大大地不畅快起来。

上午的路走得很快，不到中午就回到柴庄村了。进了家门，和父母说几句话，然后坐了一阵，很快就开始吃午饭。下午去拜访一下几户关系要好的邻居。

第二天一早，我说：“我想去看一下舅舅。”父亲和母亲愉快地说：“去吧，应该去看看。你轻易不回来一趟，去看看也好。你舅也时常惦记着你呢，还说你当兵这么久，该回来探亲啦。”

我点点头，走出门，来到村里的供销社，在柜台上买了两瓶散装的酒，大概是红薯干还是玉米什么酿的，记不太清楚了。又觉得这些东西太少，根本表达不了什么心意。于是又回头来到柜台，买了一包点心，还买了两斤鸡蛋。我带着这点微薄的礼物来到舅舅家。在我看来，两个舅舅家的生活毫无变化：房子还是那么破旧，门窗年久失修，开始歪歪扭扭。放着鸡窝的窗台上乱糟糟的，落着一层厚厚凝固了的鸡粪。粮食屯子里没有几颗粮食，全家人一年的口粮都装在一个半人高的粗瓷大缸里，上边盖着又厚实又沉重的榆木板材。中午吃饭的时候，两个舅舅吃了几口韭菜炒鸡蛋，然后就放下筷子，开始催着我喝点酒。我们喝酒用的杯子就是他们家里日常喝茶用的小茶碗。午饭我没有吃出什么滋味，总觉得心里有点闷。不过舅舅是真的很高兴。一个是见到我回来探亲了，再一个我回来后还惦记着他们，专门买礼物看他们，这让他们有点感动，还有点激动。

大舅舅对请过来陪客的邻居说：“我家这娃能吃苦，能吃苦啊，长大了会有出息。我老早就知道，我们家书祥将来会有出息的。从小到大，真是没少吃苦，啥活都干过。知道吗？他勤快得很，还不爱跟人争，从来没有跟姊妹伙儿们争过啥东西，有点好东西，老是谦让给别人。过年的时候，到我这里走亲戚，给多少压岁钱都中，没有争过一次。”

酒，我们没喝多少，但是我感觉到我们好像都有点醉了。唉，亲人相见，悲喜交集。这才是双倍的人生，双倍的滋味。我的老舅，如果能有机会，我会继续陪你们喝酒的。现在条件好了，不像以往。要喝，咱就喝好酒，喝高高兴兴的酒，再也不用红薯叶面条配着红薯干喝酒了。

有些吃苦耐劳的事情，大舅要是不说，我都忘了细节。其中有一件事，这次回家探亲的时候好多人都提过，就是我独自一个人到黑龙镇拉石头、卖石头的事儿。后来，我还跟我的爱人专门提及过。

那一年我 17 岁，身材虽然瘦小，却是血气方刚，有一股不服输的劲头。事情的起因是这样的，听说拉石头能赚钱，我也要求跟着去。可是村里没有一个人愿意带我，都嫌我太小，怕累赘。拉石头都是一个人单干，一个人装卸，一个人拉车，路上不能掉队，要是谁跟不上，就成了大家的包袱，都会跟着倒霉。我把这一情况打探清楚后，就去央求父亲给我说说情，让他去找村里的赵长根、王连庆这两位做做工作。父亲对他们说："俺家书祥说，想跟着你们去拉一趟石头，挣点钱，你们给个机会吧。路上要是掉队了，你们不用管他，也不用帮他拉车，只管走自己的就行。我在这里做个保证，肯定不会怪你们的。"起先，他们两个坚决不同意让我跟着，经不住父亲的再三保证，拉不开面子，只能答应下来。父亲回家一说，我高兴坏了，赶紧准备东西，无非是擦洗架子车、备好绳子和路上要用的干粮、毛巾、水壶什么的。

那会儿恰逢过年前的日子，深冬腊月里，天气极度寒冷。我们穿着老棉袄、大棉裤，拉着各自家的架子车，凌晨出发，到早上八九点钟的时候就赶到了黑龙镇，在石头山前停住，准备装车。这里的石头质量很好，是现成的天然建材。我们三人自己动手，埋头苦干了一阵，一直装车装到附近的村民吃罢午饭的时候才结束。望了一眼石头堆积到一人多高的架子车，我们三个累坏了，便席地而坐，开始吃午饭：馒头、豆豉，就着一壶白开水。不到十分钟就吃喝完了。剩下的水仍装在壶里，路上还要喝呢。

再次起身，已经是满载而行，直奔湖西的大水赵村，那里往西北方向有一条干渠，我们要穿过大水赵，沿着干渠走到官庄油田（中原油田的南阳指挥部设在那里），到油田后，把石头卸到那里正在搞建设的工地上，就可以拿到钱了。从大水赵过唐河的时候，我还有点力气，走上干渠又精神抖擞地撒了一阵欢，我终于不行了，感觉腿上像灌了铅一样挪不动脚步，冷汗直流，头有点晕，终于忍不住蹲在地头咳嗽起来，感觉嗓子里长满了茅草，在往外翻腾，想要吐出来。赵长根和王连庆感觉不对劲，就停下来，让我歇一阵再走，说："书祥，咱不要着急。你先坐到路边歇口气，等一会儿再走就好了。这会儿恐怕是体力极限，懂不懂？扛过去就好了。你歇一会儿再站起来，慢慢走几步，看是个什么情况。"

我说："没事，你们先走吧。咱不是说好的嘛，不用管我。"

他们没有说话，只是默默地陪着我，一直到我慢慢恢复过来。

再往前走的时候，我们就走得没有那么急。赵长根说："咱们都悠着点，不要使过力了。挣钱是重要，但不能为了挣钱落下个病根。"

再走下去，虽然极度艰苦，但我还是咬牙扛住了。

上坡、下坡，拐弯、过河，石头路、泥巴路。路况再复杂我也扛过去了。

事实证明，没有他们的帮助，我这一车石头真的拉不到终点站。

那时候的官庄油田刚刚兴建，正在千方百计地收集各种建筑材料，石头就是其中最重要的一种，这种形势使得我们拉过去的石头卖了个好价钱。我拉的这一车石头有1200斤，卖了以后，挣到了36元人民币，心里还是觉得很满意的。

只是像这样只适合成年人的超级重体力活儿，我是再也不敢贸然去挑战了。

那次路途上的身体反应对我是个警醒。不管多么要强，干不了的事儿就是干不了，做事总归有个界限，适合谁做的事儿就谁去做，不要跟自己对着干。俗话说得好：留得青山在，不怕没柴烧。身体是革命的本钱。吃苦耐劳和拼搏精神值得提倡，但不能拿体力的极限去折磨身体。

探亲假快要结束了。

我跟每一个亲人道别，互相之间再三嘱托。这份暖心和亲切，让我忘了探亲回家的路上满腔的不快。故乡没有忘记我。我也无法忘记我的故乡。狗不嫌家贫，子不嫌母丑。这是大实话。探亲假的短短几天，让我懂得很多。任何时候，任何地点，不要嫌弃自己的故乡，不要埋怨自己的出身：该是你的，就是你的；不是你的，争也没用，怨也枉然。与其抱怨纷纷，还不如埋下头来苦干一阵，把自己的家经营好，把自己的故乡建设好。

想通了，心里就再也没有什么挂碍。家里穷，但是永远有温暖的一面；故乡枯燥而无趣，但是永远不会嫌弃漂泊在外的游子。何不趁此机会，好好看一看自己的“家”——唐河县的一草一木，柴庄村的四邻八舍？于是，探亲的那段日子，我走出家门，到生活和成长的每一个角落探寻了一遍：上学的学校，铁门紧锁，我隔着铁栅栏凝望着空阔的校园，不由得想起每一位老师、每一位同乡的同学；我们村里那几户孤寡无依的老人，我也挨家看望了，他们的缸里还是没有粮食，门前几棵老树还是弯腰驼背，然而他们笑着看我，还给我加油打气，好像贫穷根本奈何不了这浓浓乡情一分一毫；捉鱼捕虾的小水渠流水淙淙，映在水中的天色湛蓝湛蓝；村口的麦秸垛上，还有几只母鸡咕咕叫着觅食，刨挖个不休；割过草的田间地头还是那么崎岖，和整修得跟菜园一样的棱角分明的庄稼地构成鲜明对比。我躺在安安静静的荒沟里，忍不住流下激动的泪水。抬头观察流动的云彩，它们随着高空的北风一点一点向南移动，似乎也不舍得离开这寥廓而沉默、丰富而安详的中原大地。荒沟对面的玉米地还剩下几棵没有收割的晚玉米，兀自在扇叶一样的休耕地里苦苦支撑，吐出最后一抹暗沉的、芳香的绿色。蚱蜢、老牛和羊羔，亲人、老师，天底下经过我故乡的所有云朵，大地上所有能填饱肚子的庄稼，你们都是我亲爱的伙伴。伙伴们，我不善言辞，但我一直牢记着你们呢。就在这里，在故乡的暖冬里，游子的心坎里，让我们依依惜别，说一声再见吧。

离开的时候，我是一个少年；归来的时候，我还是如此年轻。作为从老家走出去的一个兵，我永远警惕地提醒自己：你要保卫的是近在咫尺的依恋，你要守护的是父老乡亲的团圆。国是家之魂，家为国之魄。你来自斯，也必将归根于斯。

在老家探亲的短暂时日，我有大欢喜、大忧愁，尽管与亲人相互之间再也不能无阻无碍地谈心，但内在的情谊却是永恒的。

一路归程，恍如羽化的梦。同一个梦里有着同一片天。

离开故乡的车，载着我驶向北京，仿佛再次经历几年前的一幕。我，我的父母，我的亲人，我的伙伴们，我们能有相同的离别之感吗？野地里落叶纷飞，心间恰有一片秋意，悲伤得刚刚好，温暖得刚刚好。车窗外，乡野间，屋宇林立，蕴藏着多少故人情意。故乡者，非瓦砾树木之集合，乃是故人齐聚之疆土。有多少白发老人，拄着拐杖，仰望泗州的塔，唐河的桥，盼着游子的归来。

那桥仿佛也要老了，弯着它银灰色的脊背，驮着旅人殷切的梦想。

那河也慢慢老了，慢慢地远去。河里有鱼虾，田野里却没有别的，唯独藏着我的故乡和往事。百灵鸟飞过河，叽叽喳喳地叫。百灵鸟说不出话，但可以唱歌；中原人，说不出离家的伤感，心底却有道不尽的思恋。

这里的色彩有些单调，但记忆的脚印五彩斑斓。

在这里，抓一把泥土，可以闻到蚱蜢的味道。

在这里，掐一段柳条，可以唤醒遗忘的昨日。

心怀乡愁的你，只需漫游在故乡的田间地头便可放松下来。

当你出门在外、受苦受累的时候，当你偶然间遭遇歧视的时刻，不如意的痛苦让你分外难受，但请你记住：不要跟人计较，不要跟人斗嘴，理解你的人都知道，你的生活和苦难都是源于这片热土，是值得的。

归来的季节，也许没有了你曾熟悉的景色，唯有记忆任谁都无法抹去。你在这里笑出了眼泪，因为你一心执念，牵挂于故乡。你在这里哭出了笑意，因为你属于这里。一草一木，一方水土，时刻在滋润，在铭刻，在陪伴。岁月和风霜的磨砺，无非是故乡的符号，是你和它终生相伴的歌声。

朋友，无论你带着什么样的故事离开故乡，我坚定地相信：浓厚的故乡情结，让我们内心的善意永不泯灭。故乡，是一条河，唐河，蜿蜒在我出生的小村庄旁。故乡，是一座山，独山，勾画了你我共有的沧桑。这岁月，这河流，这高山，这来来去去、无穷无尽的故人，是永远不该遗忘的珍宝。面对故乡，回到故乡，我们复杂的情感难以表述，正像一位朋友诗里写过的那样：

北风它吹送着小鸿雁，
返程的路线多么柔软。
薄暮缭绕在北回归线，
可是母亲你的召唤？

河流对面，
是什么样的祖先留下那座城？
是什么样的男子赶着船，
让河水为之心动？

是谁收集了唐河的波浪，
在游子的故乡轻轻歌唱？
是谁埋葬在此地和远方？
是谁的歌声甜蜜而忧伤？

功夫不负有心人

1986年，我第一次跟随部队到内蒙古自治区四子王旗进行野外驻训，实弹射击，检验部队一年来的军事训练情况。出发前，部队首长多次开会，强调野外驻训应该注意的事项，并专门召集我们后勤保障部门敲定细节。兵马未动，粮草先行，首长发布了要保障好部队驻训期间生活问题的指示。野外驻训虽然条件艰苦，但作为军人，训练场就是战场，要发扬保家卫国的精神。这次野外驻训结束后，由于工作表现突出，组织上给予我记三等功一次。

我赶到内蒙古自治区四子王旗乌拉哈达苏木后，第一时间就是带着战士们搭帐篷，首先解决住的问题。待帐篷搭完后，走出去看一下周围的地理环境。呈现在眼前的是一片大草原。接着就是解决饮水问题。第二天我们就与当地政府取得联系。当地政府非常关心部队的生活。通过协商，最终解决的办法是到远在30公里外的土木尔台取水。那里有水有电，可以满足饮水需要。得到准确信息后，我和驾驶员一起到当地去了一趟。在与当地自来水公司协商后，他们在不附加任何条件的情况下很快就答应了。

接下来是用电问题。我们有现成的发电机。这是一台老式的发电机，工作效率不太高。不过经过一番折腾，电也在当天开饭之前搞定了。接着，就是解决部队正常生活上的后勤供应保障工作了。我要带着后勤部门的几位战友，去到几十公里外的一个市场上采购蔬菜和肉食，那里有一家卖粮油的商户，我们协商好，以后用固定的方法选购他家的食品和粮油，把部队每天的需求量报给他，经过讨价还价，商定价格，事情得到了解决。

吃饭、住宿、用水问题解决后，参加训练的部队先后到达了驻地。

为保障部队正常的驻训生活条件，我们后勤部门全力解决驻训期间的衣食住行困难，每天风雨无阻地出去采购食材，回来的时候大都是中午，阳光热乎乎地晒在身上，脱掉外套会感冒，不脱掉外套又感到全身发烧似的，跟长了痱子一样，皮肤发痒，潮热难当。

部队野营训练的环境十分艰苦。当时，我们都处在野营训练的战备阶段，没有闲工夫考虑家里的事情。集训 3 个月时间，我没有往家里打一次电话，也没有像普通战士一样写过一封家书。妻子后来问我驻训的感受，苦不苦、累不累，我只是笑了笑，对她说：

“大家都是摸爬滚打在一起的战友，每天接受战备训练教育，哪里有时间考虑这些。趴在泥水里半天不动的时候太多了。只能说，事后想起来才感到驻训条件和训练太艰苦，当时没有任何感觉，只有完成后勤保障任务的压力在头顶放着。那时候，要是给你写封信，说起这些艰苦的情形，那就说明我有点支持不住了。”

集训驻地方圆几十里荒无人烟，是典型的沙漠草原地带。流云变幻无定。我们赶到那里，布置野外训练计划时，空气中已经弥漫着演习在即的紧张气氛，稍有军事经验的人都知道：这里正在进行实战集训演习，演习现场不用说是被外松内紧地紧密封锁着。

那里的地面上长满了青绿的草芽，军事演习的庞大覆盖区域中只有一户人家，主人是我新认识的蒙古族人，名叫达郎台。达郎台是典型的蒙古族汉子，身躯壮硕，模样憨厚。

按照驻训部队与当地政府达成的共识，我与达郎台谈了驻训期间应该注意的事项，要求他不能在实弹演习时接近演习区，为了保障家里人演习期间的人身安全，只能就近放牧，要不然遇到意外情况我们部队上也不好交代。我问他有什么要求没有。他说想让部队给他家一点补助，因为不能出去放牧的话会有损失。我说，按照驻训有关规定，部队一定会给予一定补助。部队和老百姓是一家人，怎么可能让你吃亏呢?

熟悉以后，我们做后勤保障供应时会开车路过他住的房屋附近，他就带着老婆、孩子站在屋外打招呼，目送我们的供应车驶入草原深处，消失在茫茫无人的地带。有一次路过他家，因为不太忙，就下车跟达郎台聊了几句，按照部队首长的指示，给他家留下一些保障部队的食品和蔬菜。

他不太会说汉语，但勉强能比比画画地跟我们交流。达郎台说，想邀请我们到他家吃一顿饭。我说：这不太好吧，部队是有纪律约束的，更不要说吃饭了。达郎台一直坚持。后来经过领导同意，我们跟达郎台相约，等到部队演练告一段落的时候，到他家吃一顿饭。

只记得他很高兴，全家人热情地围坐在一起，几乎把能够拿出来的食品都拿了出来，经过烹调后摆了满满一大桌。无非是羊肉、马奶、酥油茶这些，青菜是一根都没有。

在他们那里，绿叶蔬菜是难得一见的珍品。前几年应朋友邀请，去了一趟内蒙古乡村，这种局面似乎毫无改善，当地居民的饮食习惯依然是肉多菜少。

集训驻地的环境和天气很恶劣。为了增加演习的训练难度和针对性，领导就定了这么一个自然条件比较艰苦的地方。那里的天气“五风十雨”：时不时就刮风了，时不时就下雨了。天上随时飘过来一朵云，一阵风吹过，会给你带来一阵雨，跟个捣蛋鬼一样，雨下完就跑。

我们当时主要负责给一线训练官兵送饭。一天要送一次或两次，根据领导的命令和指示，一般就是给你一张军事训练地图，在地图上标记出后勤供应的地点和方向，这个就是送饭要去的地方，能不能找到就看你的地图识别能力了。所以，后勤供应人员在训练演习的过程里练的不只是供应，还有军事指标和判断能力的考验。看地图、找目标是我的长项，我在这方面下功夫钻研过，从来没有在这件事上出现过失误，所以我负责的后勤供应做到了指哪儿打哪儿，送饭做到了准确无误，按时按点。

由于晚上送饭的次数较多，我们经常要在夜间出行。跟着送餐的车，长途跋涉在黑茫茫的大草原上，耳边听到的是风声、雨声，看到的是似乎走不到尽头的开阔地。久而久之，我们练出了夜间找路的本领和方法。在天气极度恶劣、完全找不到方向的情况下，我们也能凭着长期训练的直觉去判断道路情况，矫正地图本身标记得十分模糊的细微失误。

3 个月里，每天采购，做饭，送饭，从来没有耽误过事儿。

那一段时间，同在一个科室里给我留下深刻印象的同志很多。

我们管理科科长张风初，他是北京人，办事稳当，工作踏实，勇于吃苦，工作细致。每次出任务的时候他说话不多，但是都能点到要害，以经验丰富、办事严谨的部队老兵作风影响了科室很多人。我从他身上学到很多。

李克双，他是一位来自安徽的汉子。1984 年入伍当兵，他靠着勤学苦练的扎实功夫，靠着刻苦自学的闯劲，利用工作闲余时间积极学习，最终在 1986 年考入石家庄陆军学院。

还有一位炊事班长徐贵州。他是湖北人，在部队里发扬了湖北人自古相传的吃苦耐劳精神，赢得大家的一致尊重。他为人和气、热心，肯钻研、求上进。他的烹调技术很过硬。为了提高自己，他还报名到颐和园听鹂馆学习过，回来以后，让专业水平再上了一个台阶。

我呢，也有一点收获，就是这次驻训结束后，经过评议，领导研究决定，给予我记三等功一次的嘉奖。

在嘉奖大会的照片上，我穿的是军装。衣帽整洁，也没有演习训练时紧张的状态了。工作上辛苦劳动，你付出了多少，领导和群众的眼睛是雪亮的，都在看着。其实在大集体里生活，不用多说什么，一个“干”字说明一切。真的是这样，只要有苦干实干的精神，你不用说，也无须说出来，大家都能看到的。

第二次野营驻训，时间是1988年11月。地点选在河北省围场县腰寨乡乌拉沟村。入驻是在10月份，当地的天气早已变冷了。我们前去驻训的时候，部队里发放了第一批冬衣，大家都穿上大棉衣，整装出发。

在那里居住是没有集体宿营条件的，就住在当地农户家里。我在那里待了一个半月，农村卫生条件比较差，没办法洗澡、换洗衣服，身上的汗臭味自己都觉得呛鼻子。又因为人手和时间不够用，一个人要顶几个人的班，所以只能坚守在后勤岗位上，除了睡觉就是工作，几乎就没怎么出过门。

有一次，回到借住的老乡家，他家的小女孩从学校回来，进门看见我，向我问好，叫了我一声老爷爷，顿时把我叫得愣住了。

“我有这么老吗?”

对着镜子一看，自己也吓一跳。镜子里的这位大哥，你这算什么形象啊？不刮胡子不洗脸，眉毛胡子粘在一起，搞得跟流浪汉一样，满脸漆黑，眉毛和头发都快粘在一起了。我这才赶紧走出去，就着门口的水盆洗了一把脸，擦脸的时候，毛巾上带下来的是黄色的泥土，弄得很不好意思。后来我找了块肥皂，用毛巾把脸好好搓了一把。

小女孩笑着说：“快看，快看，你的脸洗白了!”

那段时间，因为居住条件限制，加上工作太忙，没少因为刮胡子的事儿闹笑话。

我成了一个胡子拉碴的兵，没时间收拾自己了。出去送饭、出差、问路，路边的人经常问道："你多大年龄？快50岁了吧，怎么还在当兵？"就这样，因为胡子影响到个人形象，闹了一些笑话。

其实有这遭遇的何止我一个。领导要求我们利用围场县的山势、树林作掩护进行训练。那里的山多，起伏绵延，地形结构适合演习训练。让炮兵部队在那里进行野外训练，可以起到自我保护的作用。这种地形地貌属于山大沟深、纵深理想的环境，非常适合炮兵训练。只是苦了参战的战友们，必须实时蹲守，绝不敢离开岗位半分钟。只要暴露，就等于把作战阵地送给了敌方。别说刮胡子，有时候连大小便都成问题。看着四处无人，也不敢随地便溺。这里的关键在于：每次蹲守值班重在掩护自己，不可暴露，对于通联、供给后勤的战友，也是同样的要求。每一个战士都是在最严格的模拟条件下演练，遵守纪律、不开小差的未必受奖励，而违反纪律的则一律受到严惩。

当兵苦，当兵累，不过跟当地的老百姓比起来，我们的生活算是好的。虽然已经是20世纪80年代末，当地老百姓的生活依旧十分艰苦。

从自然条件就能看出这里贫困的根由，此地全是山坡地，没有多少平地。当地能够自产的粮食只有3

种：小米，玉米，还有土豆。春季没有收成，冬季一片荒凉。只有夏秋季节可以搞一点野菜，采摘一些蘑菇、野果，种一点南瓜补补粮食的欠缺。我记得很清楚的一件事，就是个别老百姓去部队食堂偷面的情景。

他们趁着值班的战士在老乡家休息的一点工夫，潜入食堂里，一把一把往挎包里装面。记得有一次我正带着战士们在山里训练，碰上驻训村的老乡，在聊天的时候谈起村里个别老百姓偷面的事儿。他们还很有理地说："我们不是一家子吗？老百姓拿一点就拿一点吧，军民不分家嘛！这也是军民共建对我们的一点帮助吧。""解放军同志，不是咱们老百姓不讲纪律，也不是不想支持部队，只是老乡们太穷了。都饿得受不了。咱这里的地里它不长庄稼，你说怎么办？"

隔几天，还能遇到个别老乡这样干。

我非常理解当地老百姓的处境，也不愿难为他们。因为我那贫穷而遥远的故乡，十几年前所发生的故事，和这里又有什么区别呢？只不过，一个已经成为历史，一个是正在上演的现实。近些年来，当年驻训的地方成了防风治沙的榜样，大面积种树，发展林场，带动农民致富的事迹不断见诸报道。在新闻里，时常能够收听到的塞罕坝林场的消息，那就是我们当年驻训的地方之一。我们平日里，住的是老百姓家的大炕，吃的是部队食堂。训练虽然艰苦，但是还不至于饿肚子。

只有到了围场县，才让我看到一个倍感震惊的事实：在我们的祖国，贫穷依然是缠绕在许多人身上的一道枷锁，尤其是农村，尤其是那些偏远的、在战争年代做过诸多贡献的农村地区。

我们在围场县的腰寨乡乌拉沟村训练时，亲眼看到了那里的落后状况：没有沟的地方，便也没有出行的路。凡是稍微平展一点的地方都建上了房子。如果不是靠近公路的地方，你根本看不到十几户人家组成的大一点的村落。生存是第一要素。在生存的挑战面前，人只能抛开尊严行事。部队生活里耳闻目睹的这种现象，后来化作我深入地方、参加扶贫工作的最大动力。

这次在围场参加的演习训练结束后，我又一次立功受奖，但是内心所感受到的更多是一种沉甸甸的压力，已经没有第一次受奖时的那种激动和喜悦了。

善良与坚持

因为工作关系，我一生中去过的地方很多，但能够留下较深印象的却很少。大多数情况下，所谓的“景点”和“景区”带给我的无非都是蜻蜓点水般的微弱记忆。但有一个省，它没有显赫一时的名声，也没有璀璨夺目的历史珍遗，却让我印象极深。这，就是山西。

1993 年，工作单位把我派到山西搞基层调研，要在山西做对口扶贫工作，调研最终选中了经济条件最差的天镇县。

天镇县，位于山西省大同市东北部，地处晋、冀、蒙三省（区）交界处，东临河北省怀安县，南毗河北省阳原县，西接阳高县，北揳内蒙古兴和县，素有“鸡鸣一声闻三省”之称。干旱、大风，气候恶劣、资源匮乏，工业薄弱、农业低产，这就是贫困产生的根源。

天镇县常务副县长给我们展示了什么叫“极度贫困”。第一，教室里桌椅都是残缺的。孩子们上课用的桌椅，老师讲课用的讲桌，无一例外都是三条腿、两条腿的。缺失了桌腿，孩子们用自己的腿“顶上去”。第二，拖欠工资现象严重，且已经成为常态。县政府、乡政府的机关里也是这样，机关干部的工资好几个月都发不到手。第三,交通条件差。城乡各地都没有便利的交通条件,除了政府所在的街道以外,县城里全是坑坑洼洼的路面。那种可怕的路面和街道两旁歪歪扭扭的建筑,没有身临其境的人是无法想象的。

这位副县长话说到动情处就情不自禁落下眼泪。我至今还记得到天镇县吃第一顿饭的情景：四个菜，一个汤。菜自然不用说，全是素的，没有一丁点儿肉。而且，这些菜都是农民自种的农家菜，有倭瓜，有土豆，还有两种叫不上名字的野菜。

自然条件极差，造成天镇县的土地极度贫瘠。

县城里没有工厂。县城的百货大楼就跟东部地区某个乡村小镇的小卖部一样，货品种类少、数量少，主要出售农资以及过时的衣服，连几乎快要淘汰的电子手表等用品都很少。至于通信设备，只有固定电话。

由于气候恶劣，农村的地里的收成差，农民都是靠天吃饭。

逢着赶集的日子，集市上连卖菜、卖货的个体户都寥寥无几。

走在大街上、市集间，走在饭馆对面、汽车旁边，你能看到人们的表情是麻木的，老年人脸上皱纹丛生，年轻人也没有蓬勃奋发的活力。贫穷，让土地上的一切都变得跟入秋的蓬蒿一样干枯。当地的人让我觉得可怜，当地的风景让我无法喜乐。县领导、乡镇领导和老百姓的生活水平几乎一样。我从来没见过这么亲民的政府官员，也从来没见过这么努力却毫无改观的政府工作人员。我们这些到过那里的干部，无不面有惭色，十分痛心。

这就是天镇县。

这种对口扶贫的工作，其实非常难做，难就难在不容易见成效，于是部里要求干部们去扶贫的时候要广开思路，找到致富方向，用项目扶贫替代资金扶贫，找准项目，反复考察，反复论证。经过长期的、从不间断的扶贫实践，天镇县的贫困状况才一点一点得到改善，有了当地的企业，有了投资者，有了项目，也有了第三产业，对带动当地农业人口的城镇化起到了一定的促进作用。

每当看到贫困地区的消息，我的内心就会受到触动，想着一定要做点什么来帮助别人，而不是冷眼旁观。我觉得只有这样才能让社会层面的公平感和正义感流到每个人的血脉里，起到滋养、润泽世人的作用。假如眼睛里看到贫困，却不作为、无作为，那只能说，你的正义还没有积攒到足够多和足够深，还只是隔岸观火的正义，是走马观花的正义，是属于观光客的唠叨，是挂在嘴边、光开花不结果的苍白臆想。既然有助贫的愿望，就要行动起来。每个人行动的力量可能是小的，但若这一份微薄的力量影响到更多的人心，让看到你行动的人感动起来、振作起来，这就有了改变生活现状的可能性。

从 20 世纪 90 年代开始，我接触和参与到助贫事业，并深深地爱上了这项功在千秋的大业。1999 年后，在对陕西延安进行扶贫工作期间，我多次进行了捐赠，不是为了别的什么，而是为了心安，为了一份善良的坚持。在我们的革命老区延安市子长县，我通过希望工程联系到一户贫困家庭，进行多次捐助，希望能够帮到他们一点，让这户人家的孩子能够好好上学，不要因为贫困而辍学在家。后来我在 2001 年的时候到这户人家探望，当地的《延安日报》还做了一点报道，为了备忘，也为了让自己能够更好地铭记这一切，我在这里全文照录：

写在黄土高原的助学情

宋伟　李振武　摄影报道

【原载于《延安日报》2001 年 12 月 1 日 星期六】

11 月 21 日上午，子长县杨家元子中学初一（6）班学生张文瑞，第三次收到了来自北京的汇款。

6 年前，张文瑞的母亲患上了肝硬化。42 岁的父亲张玉兴为给妻子看病，花光了所有的积蓄，还是没能留住妻子的生命。至此，全家陷入了绝境之中，张玉兴的 5 个子女也面临失学，大女儿张红艳停了两年学，二女儿张秋艳不得已出嫁到折家湾镇井湾村。三女儿张红丽和唯一的儿子张文瑞刚刚上学不久，四女儿张文艳仅 6 岁。

生性刚强的张玉兴，决不能让孩子失学。他既当爹又当妈，在种好全家不到 3 亩薄地以外，不得不重新捡起自己的锔锅手艺，走乡串户赚些生活费，供着 4 个孩子上学。令他欣慰的是，4 个子女都十分争气，学习特别刻苦。

1999 年，国家人事部行政处处长王书祥通过希望工程，提出了资助一名贫困地区的特困学生的意向。经子长县县长杨继武联系，张玉兴的儿子——正上小学五年级的张文瑞，被列为资助对象。王书祥通过子长县希望办先后汇款两次，共计 1500 元。

“希望工程”给张文瑞一家带来了希望，也大大激励了张文瑞的学习热情，他更加刻苦用功，在以全校第一名的成绩读完小学后，顺利考入杨中初一（6）班。班主任告诉我们，张文瑞的英语学得最好，是班上第一名。

不仅如此，王书祥在工作之余，亲自写信激励张文瑞，张文瑞也经常写信汇报他的学习情况。

捐资助学

2003 年，我再次去到陕西延安革命老区，这次是去做教育考察，通过教育合作来进行扶贫，北京与延安通过共享师资资源来进行双向交流，实现快速提高当地文化教育水平的目标。

从 1996 年开始，延安开通了火车专线。高速公路四通八达，来自各地的打工者和投资者也随之拥向革命圣地，把延安的小米，陕北的民歌，优质的煤炭、原油和薪火相传的红色精神不断延伸，在全国掀起一股股热潮，让更多人知道这里、爱上这里，也让这里的山沟沟焕发出新的生机，给当地的普通老百姓带去美好生活的新希望。这就是信念的力量在开花结果，这就是善良和坚持的光芒。

热爱生活的理由

退休以后，我去过很多地方旅游。

旅游，成为我们热爱生活的一大理由。

旅游是我筹划很久的一个心愿，没能走出去看看，自由地支配自己的业余时间，一直是人生的一大缺憾。现今有了机会，当然会出去跑一跑，散散心，到听说过的地方、应该去而没有成行的地方逛一逛、瞧一瞧。

我的整体计划是：先到北京周边逛一圈，然后去河北、天津以及东北等距离近一些的地方看看，然后沿着京广线向南，最远要去到广东一带，或海南三亚等地。

等到旅游计划完成，我的这份心愿就结了。待返回北京的时候，我就不打算再出去看什么风景。既然老了，就好好养一养。最理想的安排就是找一个适合养老的北京郊区农家院，种种菜，养养花，足矣。

我去过北京香山，而且不止一次；去过很多次长城，尤其是八达岭、居庸关附近的寨垛。香山的红叶在山涧里索索抖动，秋日的夕阳正对着长城背面的月牙，荒凉无边的旷野里只有草上的风声，满满的萧瑟。在北京城里，我瞧过天坛、地坛、南锣鼓巷、鼓楼大街，我赏过陶然亭的雨、中南海的花，我逛过中国美术馆、奥体中心和亚运村，等等。

这些来自大自然的无声诉说和人类曾经踊跃活动过的历史遗迹，让我感到敬畏。每当去这些略显冷清的景点，静静坐在一角，待上那么一会儿，都感觉身心受到了一次洗礼。你若是能在那些静止的事物里听见历史的回音，你能抓住内心里一次沉默思考的跳跃，那么恭喜啦，你一定能够理解这个世界变得如此繁杂、如此躁动的真正理由：每天里，我们都应该放松一次，真正的放松——放下一切，只听从内心的声音，遵循这些细微的、平日里充耳不闻的声音，不再疲倦地索求于世界。不再索求于世界，因为我们本身就是世界的一部分，因为连我们看不见、听不见的自己也都是世界这一母体的组成部分。这个母体的世界，就是我们原本以为自己熟悉和懂得的自然世界。我们是人，是万物之灵长，是大自然的诞生品。读万卷书，不如行万里路。在书里游览，我们找到了自己；在路上行走，我们发现了自己无法找回的乐趣——返归自然的淳朴与天真。

后来，我去了东北，去了山东，去了河北，似乎在旅游，又似乎在继续着一段隐藏的心路旅程。

在沈阳，我重回旧地，看到了整个东北今昔对比的巨大变化。

在山东，在渤海舰队威武雄壮的战舰上，我和海军的战友们共同畅谈，说到部队建设的飞速发展，也说到了战友情、故乡情。

在河北，也去过很多地方。连昔日里穷困不堪的围场县，也成为防风治沙的环保标兵县，多次受到新闻媒体的关注报道和省级政府的肯定，山高沟深成了特殊优势，人少地广成了独到特色，发展旅游和生态农业让农民致富、政府安心。河北保定，有我很多老战友和新结识的朋友。我们一起参观当地的景区，合影留念。参观当地企业，例如刘伶醉酒厂等，留下宝贵的影像见证。

在多种多样的旅游经历中，参观红旗渠的经历让我最为感动。在工业学大庆、农业学大寨的岁月里，红旗渠所代表的战天斗地、改变命运的故事早已深入人心，成为一个不朽的传说。然而，因为各种原因，在退休之前，我一直没有机会去看一看。直到退休以后，和三五好友一起，我们共同踏上了参观红旗渠的朝圣之旅。

山西介休，是我们这批南阳籍士兵第一次出门印象最深的地方。有一批同行的新兵当时就留守介休的兵站了。这个本来应该早早去的参观处，却自从工作以后再也没有去过，设定旅游计划的时候也忘了。山西王家大院，是我们唐河县柴庄村“王”姓祖上的发源地，也该去看看的。就这样，我决定去一趟山西。

在介休，我们参观了绵山地区，游览了大罗宫。大罗宫的悬崖绝壁上挂满灯盏，据说可以岁岁降光明。

在山西灵石县，我们一行人参观了王家大院这座古建筑。据说，这里是天下大部分“王”姓的发祥地，也包括我们自家的这一脉。姓王的但凡要做姓氏追溯，最终几乎都绕不开王家大院的存在。

灵石县静升镇的王氏家族，源出太原，元朝时期，其先祖王实迁至静升镇后，事耕作，兼营豆腐业，由农及商，由商到官，家业渐大，声名渐高。其后才大兴土木，营造宅第。

人在世间走，从来不是风平浪静的。不管是出门旅游，还是宅在家里，不管是独守日月，还是朋友小聚，我们都要充分地愉悦自我——爱喝酒的就喝两杯，爱聊天的就出去串一串门，爱钱的就去做点小生意，爱热闹的就去跳一跳广场舞。在彰显自我和融入社会的两个端点上，把握好一个度，不忘自己来到世界的初心，以此延伸一生努力的目标，就足够了。这样说起来的话，退休以后的生活和退休前是一样的，你在生活里依旧有存在感，依旧是这庞杂、丰富的生活的一分子。

这种自我认同的中庸之道，就是我所说的生活存在感。这种自我存在感是道德的、利他的、社会的，同时也是生命自我的一个标签。我们摒弃掉自我后出发，反向而行之，获取到内心清空后的升华，内心里再次燃烧，有了担当感和使命感。

朋友，也许你跟我一样，已经离开自己战斗和工作的岗位，身心倍感疲倦。也许你即将心怀畏惧地走到这一天。也许你看不到自己的未来将会怎样，也许你即将回归那赐予我们生命和热情的暗黑的土地，也许你在狂欢中遗忘，也许你在街头奔走中迷惘，也许你一帆风顺地远航再也不想回到蜗居的故乡，但我们热爱生活的理由永远是一样的。

我热爱生活的理由就是：我是一个老兵！我存在着，我生活着。我曾经作为战士而突破重围，却无法逃脱终将逝去的命运，生命依旧繁花似锦，只是时间不再钟爱于我们充满褶皱的皮肤和慢慢迟钝的心脏。我越是热爱生活，也就越发热爱生命，但这份热爱不是因为我过去背负和拥有的一切，而是因为每个人的生命如同川流不息的河流一样，在漩涡中会跌落，在山涧里会鸣唱，在白的悬崖与黑的岩石上摔打到伤痕累累，在故乡那无边无际的平原上静静地流淌。

有热情，才有冷漠；有光明，才有黑暗。仿佛春的发芽和秋的刈割，都逃不过大自然温柔的注视。在一次次的生命轮回里，世界借助于自然的怀抱和神秘力量，为我们安排了诞生，也设计了死亡；释放出孤独，也给予了陪伴；添加挫折，也勾画了快乐。正因为如此，在数亿年时光滚滚前进的浪涛里，才永远留下我们自强不息、不懈奋斗的身影，更是定格了我们用生命组成的、迎着风暴战斗不息的绿色军队。每一年，都有新生的雏鹰在这朝气蓬勃的天空下掠过；每一秒，都有新的种子落入我们深深热爱的大地。于是，每一个无法忍受的酷暑严冬和每一次值得期待的春华秋实，都是对我们曾经付出的一切给予的最高奖赏。

命中注定，这美好的世界要让年青一代去歌唱，让老人们伴奏；让试飞的雏鹰和新发的种子占领更加广阔的天空和土地。不妨把这新陈代谢的命运更替视为对我们这些领航者和拓荒者的一种赞美。

从今天开始，让我们再次持有一颗好奇而敏锐的心。假如我们热爱生活，那么一定是从每一天都不再需要任何热爱的理由开始的。

“红薯娃”的愿望

回顾过去，展望未来，这是人们常常在做的事情。当我们回想自己的一生时，总是会自觉地撇开那些不愉快的记忆，挑选个人最好的一面、受人肯定和赞赏的方面讲得头头是道，而把令人不快的历史堆积到谁也看不见的角落。这是人性里自我保护的需要，也是现代人活得越来越累的源头。其实，说到我们经历的生活，大可放开一些，把平日里不足为外人道的故事也讲上那么几个。存放太久的烦心事能及时吐露出来，对人是有好处的。我们这样做，不是为了把旁边的倾听者当作内心负面情绪的垃圾桶肆意发泄，而是为了留下一点有趣的记忆，引起共鸣，也帮着他人重新回到内心的平静。这就是人际交往的“对话精神”：对话，而不是对抗；坦诚，而不是藏私；交流，而不是回避。我觉得，这就是一个人到了晚年忍不住追溯历史的动因了。

对话，有两种。一种是和社会历史的对话，求取一个真相；一种是和自己的对话，试图让曾经的自我不再扭曲。我看重人和自我的对话，也从不忽视人和历史真相的摩擦。我们每个人的精神成长，就是在这两个维度上不断扭结，互为照应，才导致了精神世界的丰富和前进。假如哪一天我们停止了任何一方面的思考和探索，那我们的生命也就随之而静止了，仿若一潭无声的死水。对话，激起了我们求真的热情，唤醒了我们向善的心愿。不忘初心，实际上就是指不忘记与历史和与自我的对话。

我出生在 20 世纪 50 年代，是在动荡中长大的人，经历了很多历史变故。我和我所经历的社会发展历史总是密不可分的，这种来自外部世界的变动对我的人生影响巨大。

回望一生的经历，我不觉得还有什么遗憾。我出生于中原地区小小的乡村，而且自出生起就注定成了备受争议的河南人。这个事实只是事实而已，丝毫也不能说明什么。

我的父母无权无势却牢牢庇护着我的生命，成为我永恒的依靠。我儿时的故乡贫穷不堪却总能让我填饱肚子。故乡的土地，用浆汁饱满的野菜、甜香可口的红薯、遍布田间的蚱蜢和暗暗生长在地上的苔藓养育了我。故乡，用母亲掌心里节省出的窝头，用父亲弯腰佝背拉着的板车，用爷爷的疼爱、奶奶的抚慰，用兄弟亲情、姊妹呵护，一次次地唤醒我为他们而坚持下去的决心。我捍卫故乡一切的荣誉，即便为此而受人嘲讽。最难忘记的，引起我极大共鸣的，便是大诗人艾青表明心迹的一首诗歌：

假如我是一只鸟，
我也应该用嘶哑的喉咙歌唱：
这被暴风雨所打击着的土地，
这永远汹涌着我们的悲愤的河流，
这无止息地吹刮着的激怒的风，
和那来自林间的无比温柔的黎明……

——然后我死了，
连羽毛也腐烂在土地里面。
为什么我的眼里常含泪水？
因为我对这土地爱得深沉……

（引自艾青的诗歌《我爱这土地》）

故乡，故乡，在那犹如转轮一样吞噬着万物、蹂躏着内心的动荡年月里，对我们从来不离不弃，张开温暖的怀抱，献出仅有的甘甜乳汁，以此滋润我们那干枯、单调、饥渴、狂躁的生命。在每一个最为痛苦的深夜里，我依旧能聆听到它的告慰：做一个善良的人，不为过去的事情所遗憾，也不为明天的事情而畏惧。

故乡，在漫长的时间里，它犹如瘦骨嶙峋的母牛一般哺育这土地上的一切生灵，用它那残存的生命力给予我时断时续的物质保障。往日里铭刻在心间的记忆多么灰暗，又是多么闪亮。

就是从这里出发，我开始了一生的行程。那时我初出茅庐，乳臭未干，懵懵懂懂，却误打误撞地被幸运之神所眷顾。我居然在一个内心最脆弱的年龄里，在一个动荡年代融入一个火热集体——令我永远敬畏的炮六师。在这里，故乡传递给我的一切素养终于开花结果，也给我内心灌注了用之不完的感动和热量，极大地改变着我那略显阴冷、充满抑郁的性格，让我深深懂得友情、奋斗和奉献的价值。我从散漫无边的幻想世界回到惊涛骇浪的现实，脚踏实地，一步一个脚印地走到今天。

如果要说还有什么遗憾的话，那就是：从小到大，我欠着我的故乡一个深深的赞美。当人们讥讽它的时候，我的辩护多么苍白；当有人心怀恶意、试图把它推上所谓“地域歧视”之类审判台的时候，我的反击总是那么迟钝。所以，我有一个美好的愿望：愿天下的游子都能理解自己的故乡，热爱自己的故乡。故乡是母亲一般的神圣，不容亵渎；故乡是父亲一般的伟岸，不容轻慢。

我们记住父母的滋养，也就记住了我们的故乡。

话说，在我的故乡，关于母亲的聊天记录总是和一种甜甜的、滋养乡村的食物联系在一起，这就是红薯。我想，我们可以从这种最浅层次的物质和感情出发试着走向人与人之间的地域和谐：理解了红薯，也就距离他人的故乡不远了。

在我的河南老家，每户人家拥有的土地都不多，种的红薯大概只有半亩地的样子，完全是为了抵御“春荒”的备用食物。春季里无粮可吃的日子最难熬，因此称为春荒。扛不住的人家就真的要出门逃荒讨饭了。这种依靠红薯活命的生活，在我们河南农村的某些地方一直持续到20世纪90年代才告终。

记得小时候，到了收获红薯的季节，母亲就带上蛇皮袋，还有铁耙子、镰刀等农具去地里劳作。她带着我们几个小孩儿，教会我们劳动和收获。我们在前边收割红薯的秧子，她在后边一耙子一耙子小心地挖，唯恐漏掉一个指头大小的红薯娃。没错，她把这种小红薯叫红薯娃，而不是红薯，显得多么亲切啊。遇到雷阵雨天气，大雨突袭，在田间劳作的人们都夺路而逃，边跑边喊：风来了，雨来了！我们几个小孩儿也跟着起哄：风来了，雨来了，老鳖背着鼓来了。母亲背着红薯往家跑，还对我们挥手让我们赶紧跟上来。我们蹦蹦跳跳往回赶，每个人都成了落汤鸡。回到家才发现，母亲已经开始给我们做饭了。这顿饭不用说，一定是红薯饭。煮一锅红薯，撒一点面粉，加一点大粒的青盐，吃起来感觉喉咙滚烫，直烧到心窝里，浑身都是热的。母亲看着我们，高兴地说："赶紧吃吧，吃点热乎的，身上暖和，要不然又感冒了！"

一直到我长得足够大的时候才回想起来，每次做红薯饭，母亲都是先让我们吃，然后看锅里剩下多少就吃多少，每顿红薯饭她差不多都是半饥半饱的。平日里，一般来说，我们家里的饭很少有够吃的时候。屋子里有一大群孩子，母亲吃饭时候的为难是可想而知的。她手里掂着一把勺子，给我们盛饭。给男孩子们盛饭的时候，她要反复折腾，给这个碗里添一点，然后给那个碗里减一点，最后弄得大家都不高兴。只有吃红薯饭的时候，可以敞开吃。我们家几个孩子的饭量在村里都是数得着的，个个都能吃。红薯饭，我们吃得真高兴。只是我也注意到，母亲连红薯饭都不舍得好好吃，总是扒拉两口就说："你们再吃点，我已经吃饱了！"我真后悔，那时候怎么就不懂母亲的心思呢！

红薯有很多种做法。母亲喜欢在稀饭里放上几块，或者直接搁到锅上的笼屉里蒸。而我们呢，总要千方百计偷吃。我曾经在灶膛里放上几个大红薯，火候差不多了就用火钳夹出来，装在自己的书包里，在上学路上吃。因为怕人看见，吃相就很难看，一个红薯消灭后弄得嘴角、手上都是黑的！母亲从来没有因此而说过我。只有一年冬天，在院子里洗衣服的时候，她把我叫过去，指着手里的一件衣服，说：“娃，以后下雪的时候不要跑到外面吃红薯，看把这装红薯的衣服口袋弄得跟灶台一样，多脏啊！”我一听就心里难受，半天说不出话，真想找个地缝钻进去才好。母亲说：“没事儿，你带着弟弟们去玩吧。”

我犯了错也好，我闯了祸也好，母亲总是包容着我，那种包容，是一点苦里包着的一点甜蜜。苦的那一层外衣永远是母亲，就好像烧焦的红薯皮，甜蜜的一层永远是她的滋养对象——是我们这些早已纯洁和天真都不再、却依旧厮打不休的浑人。母亲就是我们心中隐藏的一份苦甜，一份苦苦守候的甜。流逝的岁月夺走了母亲健康的身体，却仍旧让那份苦甜成为美好的回忆。

今天，我偶尔遇到街头烤红薯的摊子，闻一闻那久违的香气，谁能说我只是嗅闻到一股红薯的浓香，而没有一丝对故乡的依恋呢？我为什么依恋着这份街头的温暖，难道不是因为储存太久的记忆被烟熏火燎的岁月蒸腾出来的一种思念吗？

在中国，在河南，在我可爱而遥远的家乡，有着乡间随处可见的红薯，有着携家带口、扶老携幼、前去刨红薯、干农活的同乡，那份淳朴、天然的气质，来源于我们身上流淌不息的农民的血液。不论人们看得起农民还是看不起农民，喜欢红薯还是不喜欢红薯，他们和它们——都曾在一个物资匮乏的年代里挽救过一代人的生命，也曾为幸福美好的今天注入忆苦思甜的回忆。

今天的自由，来源于昨天的努力。

昨天的星辰，化作了今天的甜蜜。